Sophia Paraschou

Auch die Bösen haben eine Seele

Märchen

Ins Deutsche übersetzt von Maria Sabbas-Scouras

ANT
musik & verlag

Die Autorin

Sophia Paraschou wurde auf der Insel Karpathos geboren
und lebt heute mit Ihrer Familie in Athen.
Sie studierte in Athen Archäologie und arbeitete als literarischer
Beirat der Stadt Piräus. Durch ein Stipendium
studierte sie anschließend Literatur, Sprache, Theater und Bildung
und machte ihr Diplom. Sie lehrt Kinderliteratur
und neugriechische Literatur an der Universität Athen.
Sie war fünf Jahre lang Mitglied
der Jury für die Vergabe staatlicher Kinderliteraturpreise.
Außerdem beschäftigt sie sich mit dem Schreiben
von Kinderbüchern. „Auch die Bösen haben eine Seele"
ist Ihr achtzehntes Buch, welches für den
griechischen Jugendliteraturpreis 2006 nominiert wurde.

An meine Freundinnen,
weil auch Freundinnen eine Seele haben!

Inhaltsverzeichnis

Eine unerwartete Einladung

Die Kälte draußen war bitter, was verständlich war, weil der Januar schon vor Tagen ins Land gezogen war. Ungewöhnlich war, dass im Haus die gleiche Kälte wie draußen herrschte, als gäbe es keine Wände, die das Wetter abhielten. Was aber sollten Wände ausrichten können, wenn die Fensterscheiben kaputt waren und das Dach ein so großes Loch hatte, dass man den Schneeflocken zusehen konnte, wie sie am Himmel tanzten, kurz bevor sie im Wohnzimmer landeten.

Die Mutter und ihre beiden Töchter saßen vor dem kalten Kamin. Jede von ihnen trug drei Pullover und noch mal so viele Mäntel. Über ihren Schultern trugen sie karierte Decken, die irgendwann einmal neu gewesen, jetzt aber voller Löcher waren. Die Mädchen trugen keine gewöhnlichen Schuhe, sondern sonderbare Eisenschuhe, klein und eng, und ihre Füße waren geschwollen wie Luftballons. Durch einen starken Luftzug, der durch den Raum wehte, schreckte die Mutter plötzlich hoch, die seit geraumer Zeit im Sessel vor sich hin gedöst hatte.

„Wir werden hier noch vor Kälte sterben. Was seid ihr für unnütze Geschöpfe. Warum geht ihr nicht hinaus, um Holz zu sammeln, das wir dann im Kamin verbrennen können? Mein Gott, was habe ich getan, dass Du mir solche faule und unfähige Töchter gegeben hast?"

„Hörst du, deinetwegen sagt sie das", sagte das eine Mädchen. „Du bist an der Reihe, etwas Hausarbeit zu machen."

„Warum, wann hast du denn etwas getan?" antwortete die andere mit schriller Stimme.

„Habe ich nicht erst kürzlich die Asche aus dem Kamin gekehrt, der seit dem Tag, als Aschenputtel wegging, nicht mehr saubergemacht worden war?"

Als die Mutter diesen Namen hörte, hob sie ihren Kopf, und ihr Gesicht nahm einen schmerzlichen Ausdruck an.

„Ach, mein liebes Mädchen. Solange Aschenputtel noch hier war, lief alles wie am Schnürchen. Der Kamin war sauber und angezündet, die Wäsche gewaschen und gebügelt, warmes Essen jeden Tag. Nicht so wie jetzt, wo wir kurz davor sind, von den vielen Konserven Vitaminmangel zu bekommen."

Sie nahm ihr schmutziges Taschentuch und wischte sich verstohlen die Tränen aus den Augen, bevor sie von den Mädchen bemerkt werden konnten. Gleichzeitig fing das eine Mädchen zu lachen und das andere zu weinen an.

„Du bist gut", sagte die, die lachte. „Als Aschenputtel noch hier mit uns lebte, hast du sie immer beschimpft, und jetzt, wo sie den Prinzen geheiratet und sich aus dem Staub gemacht hat, ist sie das gute Mädchen. Ich könnte mich totlachen über deine Heuchelei".

„Oh, erinnert mich nicht an sie", sagte die, die weinte. „Ich werde niemals verwinden, was damals passierte. Ich habe den Prinzen verloren, und das wegen sieben Schuhgrößen. Nicht einmal zehn waren es. Sie trug fünfunddreißig und ich zweiundvierzig!"

Mit dem letzten Wort ließ sie einen so herzerweichenden Schrei los, dass die Katze neben ihr in die Höhe schoss und ihr Fell sich wie Stecknadeln aufstellte.

„Jetzt hört mit dem Lachen und dem Weinen auf und macht euch an die Hausarbeit. Du", sagte die Mutter und zeigte auf die, die lachte, „du gehst nach draußen und holst Holz für den Kamin, falls noch was übrig ist. Und du" sprach sie weiter, während sie auf die andere Schwester zeigte, „putz den Kamin und entferne dort die Spinnweben, damit sich das Haus nicht mit Rauch füllt. Wenn ihr den Kamin angezündet habt, verspreche ich euch, dass wir eine gebratene Süßkartoffel essen werden, die ich für schlechte Zeiten aufgehoben habe".

Dieses Versprechen war so verführerisch, dass sich beide Mädchen sofort erhoben, um die Aufgaben, die ihnen die Mutter gestellt hatte, zu erledigen.

Und tatsächlich, innerhalb kürzester Zeit war der Kamin fast sauber, aber die Tochter, die zum Holz gegangen war, war immer noch nicht zurück. Als sie endlich kam, hielt sie zwei-drei kleine Zweige in den Händen, und die waren auch noch voller Schnee.

„Ich habe keine Holzscheite gefunden", sagte sie, „nur diese Hölzchen. Sie sind ein bisschen feucht, aber wir können sie mit dem Papier anzünden, das im Briefkasten liegt".

„Was für ein Papier ist das? Lass' es uns doch erst lesen", schlug das andere Mädchen vor und wollte schon den Brief öffnen.
„Was denkst du, dass es ist", sagte die Mutter, „wieder irgendeine Rechnung. So oder so werden wir sie nicht bezahlen. Besser wir verbrennen sie, damit ich mich nicht aufregen muss".
Das Mädchen allerdings hatte den Brief bereits geöffnet und fing an ihn zu lesen:

Sehr geehrte Fräulein, hässliche und sehr hässliche,

entschuldigen Sie bitte die Namen, mit welchen ich Sie ansprechen, aber ich kann mich an Ihre richtigen Namen nicht erinnern. Das einzige, was ich weiß, ist, dass die eine hässlicher als die andere ist. Was soll's. Ich schreibe Ihnen, um Sie beide und Ihre gnädige Frau Mutter nächstes Frühjahr zu einem Kongress, den ich organisiere, persönlich einzuladen. Das Thema des Kongresses ist „Rassismus und Klischees in den Kindermärchen".

Wie Sie sicherlich verstehen werden, entstand das Problem, welches besprochen werden soll, durch die Autoren, die die Märchen schrieben und uns seit vierzehn Generationen, um nicht zu sagen vierundzwanzig, die „Bösen" nennen. Diese große Ungerechtigkeit muss endlich ein Ende haben. Nehmen Sie an diesem Kongress teil, damit wir alle gemeinsam laut sagen können: „Auch die Bösen haben eine Seele!"

Bitte teilen Sie mir bald an folgende Adresse mit, ob und über welches Thema Sie gerne einen Vortrag halten möchten:

An den Bösen Wolf
Rotkäppchenstraße
Märchenland

In Verbundenheit
Böser Wolf

Als das Mädchen mit dem Vorlesen fertig war, stand die Mutter auf und klatschte Beifall.

„Endlich, endlich einmal eine gute Nachricht! Wir werden zu diesem Kongress fahren, und um ehrlich zu sein, er hätte bereits vor hundert Jahren stattfinden sollen. Aber es ist nie zu spät. Also, rafft euch auf, wir müssen einen Vortrag vorbereiten. Welches Thema nehmen wir, und welche von euch beiden wird sprechen?"

„Ich", meldete sich die, die immer weinte, „ich werde sprechen. Und mein Thema wird „Das Aschenputtelsyndrom" sein.

„Das hört sich gut an", sagte die Mutter. „Hauptsache, du fängst nicht wieder an zu weinen. Jetzt zieht die Eisenschuhe aus, denn egal wie lange ihr sie tragen werdet, eure Quadratlatschen werden trotzdem nicht kleiner. Wartet nicht darauf, dass eine Fee kommt und euch mit ihrem Zauberstab berührt. Leider, meine Töchter, war keine Fee bereit, eure Taufpatin zu werden. Sogar der Pfarrer ist in Ohnmacht gefallen, als er eure Hässlichkeit sah".

Der ständig klopfende Briefträger

Der Briefträger stand seit einiger Zeit vor dem Palast. Er hatte schon mindestens zehn mal an der Glocke gezogen, mit der Faust gegen die Tür gehämmert und sogar gegen die Tür getreten, aber keine Reaktion. Es machte niemand auf, obwohl er sich sicher war, dass da jemand drinnen war.

Er legte sein Ohr an die Tür und konnte ganz genau hören, dass drinnen gestritten wurde. Es ging Glas zu Bruch, Teile flogen durch die Luft, eines knallte sogar gegen die Innenseite der Eingangstür. Er konnte eine hysterische Frauenstimme hören:

„Sprich, du Nichtsnutz! Sprich, weil ich dich sonst in tausend Stücke schlage, so dass die Kinder dich als Glaskonfetti benutzen können!"

Niemand antwortete. Das Geschrei allerdings ging weiter.

„Ich werde dich an die Altwarenhändler verkaufen, werde deine Visage mit Teer beschmieren, dich als Tablett zum Servieren benutzen, dich mit dem Gesicht zur Wand aufhängen! Sprich! Gibt es auf der Welt eine schönere Frau als mich?"

„Was ich zu sagen hatte, habe ich vor Jahren bereits gesagt", war endlich eine Antwort zu hören.

„Also bleibst du dabei, dass Schneewittchen schöner ist als ich, ha? Was hat sie dir bezahlt, elender Spiegel, damit du ihr den Schönheitspreis gibst? Sag es! Was hast du bekommen, verkommenes Subjekt?"
„Ich kann dir versichern, ich habe nichts bekommen. Ich habe lediglich meine Pflicht erfüllt, und das unparteiisch. Schneewittchen war und ist bis zu diesem Augenblick die schönste Frau der Welt. Anstatt hier hysterisch herumzubrüllen, solltest du es mit Würde tragen, wie es sich für eine Frau in deinem Alter gehört. Wenn es dir nicht gefällt, dass du nicht mehr jung aussiehst, warum lässt du dich dann nicht liften?"
„Du wirst gleich ein Lifting brauchen, wenn du siehst, wie ich dich zugerichtet habe, blöder Spiegel! Du hast mich immer beneidet, weil du von Geburt an voller Komplexe warst. Du hast deine niedere Herkunft nie verwunden. Was warst du, bevor ich dich gekauft habe? Du warst ein gewöhnlicher Spiegel in einem Friseursalon, und in dir haben sich alle alten Weiber des Viertels gespiegelt. Damals war ich auf Rundreise und bin kurz hinein, um mir etwas Haarlack ins Haar zu sprühen. Als du mich sahst, hast du gesagt: „Du bist die schönste Frau der Welt". Ich habe damals eine Menge Geld bezahlt, um dich zu kaufen, und als ich heiratete, nahm ich dich mit hierher, damit du in Wohlstand leben kannst. Und wie dankst du es mir? Als Schneewittchen heranwuchs und dir schöne Augen machte, sagtest du, dass sie schöner sei als ich. Und was hattest du davon? Sie ist mit dem Prinzen auf und davon, und nicht mal gefragt hat sie nach dir!"
„Genau das beweist doch, dass ich keine krummen Geschäfte mit ihr gemacht hatte. Aber was soll's, egal was ich sage, du glaubst mir ja doch

nicht. Von morgens bis abends stellst du mir die gleiche Frage: „Spieglein, Spieglein an der Wand, wer ist die Schönste im ganzen Land?" Also gut, ich kenne eine; es ist Schneewittchen, und wenn du dich auf den Kopf stellst, wird sich auch nichts daran ändern. Wenn du deine Nerven nicht im Zaum halten kannst, dann nimm ein Beruhigungsmittel und lass mich endlich in Frieden."

Bevor die Stimme ganz zu Ende gesprochen hatte, gab es einen lauten Knall an der Tür, als wäre ein schwerer Schuh dagegen geflogen.

Der Briefträger verlor die Geduld. „Hier leben nur Verrückte", dachte er sich, „besser ich verschwinde". Er klopfte aber sicherheitshalber noch einmal, und wie durch Zauberhand öffnete sich diesmal die Tür.

Eine ältere Frau tauchte an der Tür auf. Sie trug eine lange seidene Robe in der Farbe von verfaulten Bananen. Ihr Ausschnitt war ziemlich tief und man konnte die faltige Haut ihrer Brust sehen. Ihre Augen waren sehr stark mit blauem Lidschatten geschminkt, und sie trug falsche Wimpern. Die dicke Puderschicht konnte die Falten, die sich um ihre Augen und ihren Mund eingegraben hatten, nicht verdecken.

Der Briefträger schaute sie genauer an. Er war Berufsanfänger, allerdings hatte er von seinen Kollegen gehört, dass in diesem Palast eine wunderschöne Königin lebte. In ihrer Jugend muss sie wirklich schön gewesen sein, dachte er sich, aber jetzt ist das einzig Schöne an ihr der wertvolle Schmuck, der an ihren Ohren und an ihrem Hals hängt.

„Warum klopfst du an die Tür?" fragte sie ihn böse.

„Bitte entschuldigen Sie die Störung, königliche Hoheit. Es ist heute ein Brief für Sie gekommen, und darauf steht, dass es eilig ist. Deshalb habe

ich mich sofort auf den Weg gemacht, um ihn Ihnen zu bringen. Sie müssen allerdings unterschreiben, dass Sie ihn erhalten haben".
Sie nahm ohne ein Wort den Brief, warf einen kurzen Blick darauf und ging hinein, um ihre Brille zu suchen.
Der Briefträger drehte seinen Kopf zur Seite, um in das Innere des Palastes zu schauen. „Welch' ein Luxus", dachte er sich, „aber auch welch' eine Unordnung"!
Der Saal sah aus, als hätte eine Bombe eingeschlagen. Überall lag zerbrochenes Glas, umgekippte Stühle und zerrissenes Papier auf dem Fußboden. Er steckte seinen Kopf etwas weiter hinein und blieb mit offenem Mund stehen.
An der Wand hing ein Spiegel. Sein Rahmen war aus reinem Gold, und er war voll mit wertvollen Brillanten besetzt. Im Gegensatz dazu war sein Glas in elendem Zustand. Es war über und über voller Sprünge und kaputter Stellen, die provisorisch mit Pflastern zugeklebt waren.
„Um Gottes willen", sagte der arme Mann und bekreuzigte sich. „Sogar bei mir zuhause, das im Gegensatz hierzu ein Hühnerstall ist, heben wir keine kaputten Spiegel auf. Wie komisch die Reichen doch sind", sagte er und bekreuzigte sich nochmals.
„Bist du immer noch da?"
„Selbstverständlich Hoheit, ich warte auf Ihre Unterschrift. Ist Vorschrift, wissen Sie..."
„Also gut. Hier hast du die Unterschrift und auch einen Stempel. Du kannst jetzt gehen."

Der Briefträger blieb unschlüssig stehen. So ein weiter Weg in dieser Kälte und nicht einmal ein kleines Trinkgeld? Die Königin begann unruhig mit dem Fuß zu stampfen.

„Also, worauf wartest du? Ach so, du willst ein Trinkgeld. Tut mir leid, aber ich habe kein Kleingeld. Willst du einen Apfel?"

Der Briefträger fühlte, wie sich seine Haare sträubten. Apfel? Um Gottes willen, nein!

„Nee, lassen Sie lieber", hauchte er ängstlich und machte sich schleunigst auf den Weg.

Die Königin setzte sich auf ihren goldbestickten Thron und fing an zu lesen.

Ihre königliche Hoheit,
Königin Hässlichkeit,

entschuldigen Sie bitte, dass ich Sie so nenne,
ich kann mich aber nicht erinnern,
jemals Ihren wahren Namen erfahren zu haben.
Ich nehme meinen ganzen Mut zusammen,
um Sie einzuladen, auf dem von mir für nächstes Frühjahr
geplanten Kongress in meinem Haus zu sprechen.
Es werden sich alle Bösen der Märchen
versammeln, wie Ihre königliche Boshaftigkeit, um dort
über die ungerechte Behandlung zu sprechen,
die uns die Märchenschreiber haben angedeihen lassen.

Vor allem Sie haben sie besonders kompromittiert,
und deshalb müssen Sie zum Kongress kommen, mit aller
Ihnen zur Verfügung stehenden Bosheit.

Bitte teilen Sie mir schriftlich mit, ob Sie kommen werden
und zu welchem Thema Sie sprechen wollen.
Vergessen Sie nicht, uns mitzuteilen, wie viele Roben Sie
mitnehmen werden, damit ich für die entsprechenden
Schränke in Ihrem Zimmer sorgen kann.

Ihr ergebener Diener
Böser Wolf

Die Königin öffnete das Buch mit den Einladungen. Gut, dass sie im Frühjahr Zeit hatte zum Kongress zu gehen. Sie nahm einen Bogen Papier, um dem Bösen Wolf zu schreiben, dass sie seine Einladung annähme. Was das Thema ihres Vortrages anginge, so tue sie sich nicht schwer, eines zu finden. „Der Fluch der Schönheit", brüllte sie laut in Richtung Spiegel.
Der antwortete nicht. Seine Nerven waren längst überstrapaziert.
Die Königin erhebte sich mit hoheitlicher Würde und ging ins Bad, um ihre Morgentoilette zu machen. Ihr Gesicht brauchte die morgendliche Pflege der Jugend.

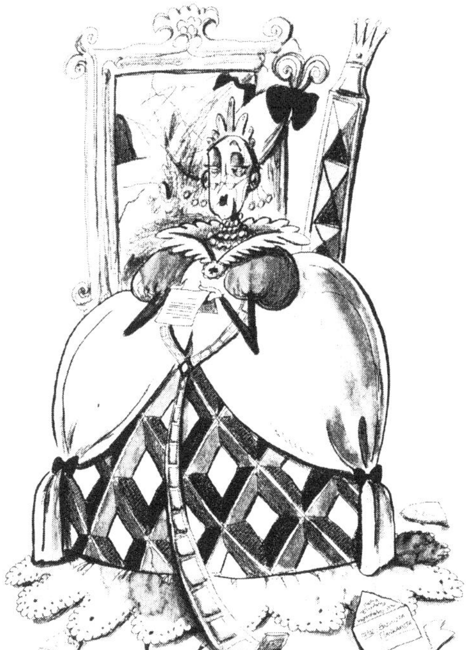

Wer war der Mörder mit der Nagelschere?

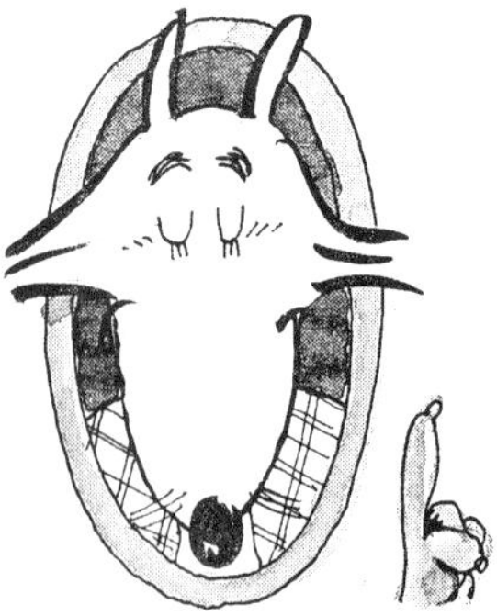

Die beiden Frauen waren längst vor dem Fernseher eingeschlafen. Die Krankenschwester hatte es mitbekommen und eigentlich hätte sie aufstehen und sie in ihre Zimmer führen müssen. Aber wie konnte sie aus dem Salon gehen, fünf Minuten bevor der Film im Fernsehen zu Ende war. Seit zwei Stunden verfolgte sie ihn mit angehaltenem Atem, während sie zu enträtseln versuchte, wer der schizophrene Mörder war, der seine Opfer mit einer Nagelschere umbrachte. Bis zur Hälfte des Films verfolgten ihn auch die beiden Schwestern, während sie ihre eigenen Schlüsse zogen. Aber das leichte Schlafmittel, das sie bekommen hatten, begann zu wirken, und sie schliefen ein. Sie konnte natürlich nicht schlafen, bevor der Mörder überführt war...
„Was ist hier los, Schwester Gertrude?"
Die arme Schwester sah mit Schrecken, wie die Direktorin wie eine Furie ins Zimmer rauschte und mit einer nervösen Handbewegung den Fernseher ausschaltete, und zwar genau in dem Moment, als der Detektiv den Namen des Mörders preisgeben wollte.

„Warum sind die Patientinnen nicht in ihren Zimmern?"
Gertrude öffnete und schloss ein paar mal ihren Mund, konnte aber keine Entschuldigung herausbringen. Das passierte ihr jedes Mal bei Mrs. Cicerhood, der Direktorin der Psychiatrie, in der sie seit sechsundzwanzig Jahren arbeitete. „Frau Ci-Ci-Ci..."
„Genug! Führe die zwei Schwestern sofort auf ihr Zimmer. Aber warte, ich will dir vorher noch was sagen."
„Bitte", antwortete Gertrude, während sie einen verstohlenen Blick auf ihre Armbanduhr warf. Jetzt war es vorbei... Jetzt war der Film bereits zu Ende, und sie würde nie erfahren, wer der Mörder mit der Nagelschere war.
„Du musst die beiden Schwestern für eine Reise vorbereiten. Du wirst mit ihnen reisen."
„Sie verlassen die Klinik, Madame?"
„Nein, natürlich nicht. Sie werden nur für ein paar Tage weg sein. Sie sollen an einem Kongress teilnehmen."
Die Schwester legte ihren Kopf zur Seite und betrachtete die Direktorin ungläubig. Wie sollten zwei kranke Frauen an einem Kongress teilnehmen, die kaum ein Wort mit den anderen Patienten der Klinik sprachen?
„Aber... wie ist das möglich... ich meine... warum müssen sie dahin?"
„Ich bin damit auch nicht einverstanden, aber der behandelnde Arzt hat das so entschieden. Damit du das verstehst, muss ich dir ein paar Dinge erklären. Wie du weißt, sind die beiden Frauen die Schwestern der Schönen, die sich in das Biest verliebt hat, das am Ende ein Prinz war. Als sie den Prinz heiratete, nahm die Schöne ihren Vater mit in den Palast. Die

beiden Schwestern ließ sie in unserer Klinik. Ihre Nerven waren schon lange angeschlagen. Verstehst du?"

„Das alles wusste ich, Mrs. Ci-Ci-Cic..."

„Also gut, weiter. Diese zwei herzlosen Töchter, die für den Vater nicht ihr Leben aufs Spiel setzen wollten, haben eine Einladung, einem Kongress beizuwohnen, den der Böse Wolf veranstaltet. An diesem Kongress werden alle bösen Helden der Märchen teilnehmen."

„Ah, ja und?"

„Kein „ja und". Der Arzt glaubt, dass die beiden Schwestern da hin müssen, um sich dort mit Menschen zu treffen, die das gleiche Schicksal teilen wie sie, also Randgruppen der Märchen, Negativhelden könnte man sagen. Es ist eine Therapiemethode, die Homöopathie genannt wird. Wenn sie dort andere Böse treffen, werden sie sich vielleicht besser fühlen, und ihre Depressionen könnten geheilt werden. Verstehst du endlich, Gertrude?"

„Selbstverständlich", antwortete Gertrude eingeschüchtert. Sie hatte keine Lust, auf diesen Kongress zu fahren. Was sollte sie zwischen bösen, eiskalten und hinterlistigen Helden? Ihre einzige Eigenart war ihre Vorliebe für Thriller und der Versuch herauszufinden, wer der Mörder war. So wie heute. Wer war der Mörder, der seine Opfer mit einer Nagelschere umbrachte, und zwar mit genau so einer, wie die Direktorin sie in der Schublade hatte?

Sie hatte bereits einer der Schwestern aufgeholfen, und indem sie sie am Arm hielt, führte sie sie in ihr Zimmer. Plötzlich drehte sie sich nochmals um und mit glänzenden Augen sagte sie zu Mrs. Cicerhood: „Sie waren die Mörderin!"

Ein Brief für den Paten

Der berühmte Kriminologe Eugenis Trivizas (lebender griechischer Kinderbuchautor) öffnete seinen Briefkasten und holte seine Post heraus. Danach machte er seinen Regenschirm zu und stellte ihn auf dem Fußabtreter vor der Eingangstür ab. Das Wetter war noch schlechter als seine Laune. Den ganzen Tag schon hielt dieser feine Nieselregen an, der ihn den Moment verfluchen ließ, als er sich entschied, in diesem Land zu leben.

In seiner Heimat wäre es jetzt sonnig, obwohl es Januar war. Die Tischchen vor den Restaurants wären jetzt schon voll mit Menschen, die sich bei einem Ouzo unterhalten würden, während sie wundervolle Vorspeisen zu sich nähmen. Was hatte er zum Essen? Den gewohnten, grässlich gebratenen Fisch mit ein paar in Maisöl frittierten Kartoffeln vom letzten Jahr. Und trotzdem hatte er einen Preis bezahlt, als wäre es ein seltener Fisch.

„Was für ein grässliches Wetter!" monologisierte er. „Es ist kein Wunder, dass so viele Verbrechen geschehen."

Der Mangel an Sonne und der ständige Regen erhöhten die Kriminalität, hatte er vor kurzem in einer Zeitung gelesen. Diese Nachricht hatte ihn sehr bestürzt. Je mehr Verbrechen, umso mehr Arbeit für ihn. Und doch, es wäre ihm lieber gewesen, wenn sein Beruf abgeschafft werden könnte. Es sollte den Beruf des Kriminologen gar nicht mehr geben.

Er könnte mit dem Arbeiten aufhören und endlich das tun, was ihm wirklich Spaß machte: Das Schreiben von Kinderbüchern.
Wäre das ein Glück, aber... In diesem verregneten Land gab es nicht einmal die Möglichkeit, Wäsche zu trocknen. Er würde noch für viele Jahre zwei Büros in seinem Haus haben. In dem einen würde er über Verbrecher schreiben und in dem anderen über Märchenhelden. Seine Zukunft erschien ihm kriminell, regnerisch und trüb. Da konnte man nichts machen!
Gott sein Dank, er war zuhause angekommen. Endlich konnte er sich mit seinem Papagei Cynthia unterhalten und mit ihm gemeinsam ein paar Sonnenblumenkerne essen.
Seine Behausung war kalt und feucht. Er drehte die Heizung auf und rieb sich die Hände, um sie aufzuwärmen. Er warf einen Blick auf die Post. Schon wieder Einladungen von Verlegern, Schulen und Vereinen, die ihn darum baten, einen Vortrag zu halten.
Jetzt war es genug, er wollte seine Ruhe haben. Er hatte so viele Ideen, Bücher zu schreiben, wann sollte er sie zu Papier bringen? Während des Unterrichts konnte er schließlich nicht schreiben. Sollten seine Studenten das bemerken, würden sie sich über ihn lustig machen.
Der Umschlag ohne Briefmarke erweckte seine Neugierde. Er kam aus der Märchenstadt im Märchenland. Er hörte zum ersten Mal von diesem Land, obwohl er bereits die ganze Welt bereist hatte. Und trotzdem, wenn sie ihm einen Brief schickten, bedeutete das, dass man ihn auch in diesem Land kannte.
Er öffnete den Umschlag mit einem zufriedenen Lächeln auf dem Gesicht. Er schien doch berühmter zu sein, als er dachte.

Sehr geehrter
feinsinniger Märchenkriminologe,

ich bin ein Freund von früher. Ich bin der Böse Wolf aus den Märchen, und Du mit Deinem berühmten Buch „Die drei kleinen Wölfe" hast es geschafft, dass ich wieder auferstanden bin in der Welt der guten Bösen. Deshalb betrachte ich Dich als meinen geistigen Vater, meinen Paten, meinen Retter und Beschützer. Ich schreibe Dir diesen Brief, um Dich zu dem Kongress einzuladen, welchen wir „Bösen" der Märchen veranstalten, um die uns zustehenden Rechte einzufordern. Du sollst unser Ehrengast sein, und deshalb wäre es mir eine besondere Freude, wenn Du daran teilnehmen könntest. Schicke Deine Antwort an den Absender. Solltest Du nicht kommen können, könnte es passieren, dass mein Wolfscharakter wieder durchbricht und ich alle Teilnehmer auffresse.
(Das war ein Scherz!)

Hochachtungsvoll
Der neugeborene gute Wolf.

„Ist das nicht ungewöhnlich!" sagte der berühmte Kriminologe zu Cynthia. Ein „Bösenkongress". Weißt du, ich denke, ich werde hingehen. Es ist durchaus möglich, dass es interessanter wird, als alle anderen Kongresse, bei denen einer redet und alle anderen schlafen. Da werden Böse sein. Kannst du dir vorstellen, wie viele Bosheiten sich da treffen werden? Ja, ich werde auf jeden Fall hingehen!"

Er ging aus dem Zimmer, während Cynthia nachplapperte: „Auf jeden Fall. Auf jeden Fall. Auf jeden Fall. Auf jeden..."

Die Biografie von James

Der Butler kam geräuschlos mit dem Frühstückstablett in den Händen ins Zimmer. Er stellte es auf dem niedrigen Beistelltisch ab und schob die schweren Vorhänge zur Seite. Das Mittagslicht durchflutete das Zimmer. Der Mann im Bett zog sich das Seidenlaken über den Kopf.
„Um Gottes willen, James, Du bist so gemein zu mir. Verbanne dieses grässliche Licht aus meinem Zimmer, es macht mich krank."
„Sir, Sie müssen aufstehen, es ist zwölf Uhr mittags. In drei Stunden beginnt das Pferderennen und wenn Sie sich nicht beeilen, werden Sie die Möglichkeit zum Wetten verpassen."
Eigentlich wollte der Butler sagen: „Mir entgeht die Möglichkeit, dass Sie gewinnen." Sein Herr schuldete ihm den Lohn von zwei Jahren, und seine letzte Hoffnung war, dass er beim Pferderennen gewinnen würde. Dann könnte er ihn endlich bezahlen, und er war fest entschlossen, das Haus dieses exzentrischen Schriftstellers zu verlassen und in sein Dorf zurückzukehren, sobald er sein Geld hätte. Er würde ein kleines Pub eröffnen und seine Liebe Klara-Bell heiraten. Vorausgesetzt, dass sie noch auf ihn wartete, nach fünfzehnjähriger Verlobungszeit.

Der Mann lugte unter der Decke hervor und fragte: „Ist mein Bad fertig, James?"
„Sehr wohl, Sir. Bereits seit dem Morgengrauen habe ich den Kessel auf dem Herd, und als das Wasser kochte, habe ich die Badewanne gefüllt. Ich habe mir den Rücken dabei verrenkt."
„Armer James! Du hättest Agatha um Hilfe bitten müssen."
„Sir, machen Sie sich lustig über mich? Das Zimmermädchen hat uns bereits vor zwei Monaten verlassen."
„Wirklich? Und warum hast du niemand Neues eingestellt?"
Der Butler erwog kurz, ihm das Frühstückstablett an den Kopf zu werfen und dann weg zu gehen. Dann erinnerte er sich an seinen ausstehenden Lohn und entschied sich, noch etwas Geduld zu haben. Sobald er sein Geld hätte, würde er seinem Herrn schon noch die Meinung sagen. Das war sicher!
Er nahm das Tablett vom Nachttisch und stellte es auf den Tisch. Es war das gewohnte Frühstück seines Herrn: Tee, gebratene Eier, gekochte Bohnen aus der Dose und gebratene Tomaten. Sein Herr wollte immer eine frische Blume auf seinem Tablett, aber heute hatte er im Garten keine gefunden. Also hatte er ihm einen Zweig Dill, den er noch in der Küche hatte, auf das Tablett gelegt. Aufrecht neben die Teekanne hatte er den Brief gestellt, den der Briefträger heute Morgen gebracht hatte.
„Was ist das für ein Brief, James?"
„Ich habe ihn nicht geöffnet, Sir. Auf dem Brief steht, dass er aus der Märchenstadt im Märchenland kommt."

Der Mann legte seine Hand an die Stirn, während er fieberhaft versuchte, sich zu erinnern, ob er jemals zuvor von diesem Land gehört hatte. Er konnte sich nicht erinnern.
„Vermutlich handelt es sich um einen Irrtum. Ich kenne dieses Land nicht und folglich auch niemanden, der dort wohnt. Du kannst den Brief zerreißen, James".
Der Butler kratzte sich nervös am Kopf. Dann nahm er den Brief in die Hand und las den Empfänger darauf.
„Aber hier steht es ganz deutlich, Sir. Verehrter Herr Oscar Wilde. Das sind Sie doch?"
„Vielleicht handelt es sich um eine Namensverwechslung."
„Aber Sir, es steht Ihre Adresse darauf. Bei allen Heiligen, er ist für Sie, sage ich Ihnen."
„Um Gottes willen, James, es reicht, ich habe bereits Kopfschmerzen. Ich weigere mich, meine Brille aufzusetzen, bevor ich mein Frühstück zu mir genommen habe."
Der Butler öffnete den Brief und begann laut vorzulesen.

Sehr verehrter
exzentrischer Herr Oscar Wilde,

im nächsten Frühjahr wird in meinem Haus
ein großer Kongress stattfinden,
bei dem die „Bösen" der Märchen zu Wort
kommen sollen. Sie waren in
Ihren Märchen immer gut zu uns.
Eine Tatsache, die vor allem daher rührt,
dass auch Ihr Ansehen von
so manchem „Guten" sehr angeschlagen wurde...
Ich will hier keine Einzelheiten nennen...
Deshalb lade ich Sie ein, die Vorträge
des Kongresses zu verfolgen und
auch einigen „Guten" die Meinung de profundis
kundzutun, die, während sie versuchen,
ihre eigenen Schwächen zu vertuschen, die der
anderen lauthals herausschreien.
Ich bitte Sie, mir baldmöglichst zu antworten, damit ich
für Sie eine Unterkunft reservieren kann.

Ihr treuer Diener
Der Böse Wolf

„Bei allem was mir heilig ist, die Einladung hat meinen Tag gerettet, James", sagte der Mann, während er sich seine erste Zigarre an diesem Tag anzündete. „Schreib sofort an diesen Wolf, und teile ihm mit, dass ich mit Freude an seinem Kongress teilnehmen werde. Bitte ihn, mir eine Suite zu reservieren und eine kleine Kammer für dich. Du wirst mit mir kommen, James. Es ist für deinen Werdegang sehr wichtig, an einem Kongress teilgenommen zu haben. Außerdem brauche ich dich, damit du mir meine Kleider in Ordnung halten kannst. Jetzt nimm hier diesen ekelhaften Dillzweig weg. Du bist alt geworden und kannst Blumen nicht mehr vom Gemüse unterscheiden, fürchte ich."
Der Butler nahm den Dillzweig vom Tablett. Bis er aus dem Zimmer war, hatte er ihn aufgegessen...

Einladung aus zweiter Hand

Die beiden alten Herren waren soeben von einem Spaziergang im nahen Wäldchen zurückgekommen. Draußen war es eisig, und es wäre klüger gewesen, sie wären in der Wärme ihres Hauses geblieben. Aber der Nachmittagsspaziergang war eine Gewohnheit, die bereits ein Leben lang anhielt. Sie konnten sie nicht einfach beenden. Da war ja noch der Nachmittagstee. Wie sollten sie den heißen Tee genießen, wenn sie nicht vorher zwischen den kalten Bäumen vor Kälte gezittert hatten?

Sie waren schon fast zuhause. Sie konnten durch den Nebel bereits den Rauch erkennen, der aus dem roten Schornstein stieg. Die gute Mrs. Vanderbuilt! Sicher hatte sie soeben die Pfefferminzplätzchen aus dem Ofen genommen, und würde sie ihnen vor dem Kamin servieren. Sie könnten gleich Plätzchen essen und Tee trinken und dabei ihre Nachmittagspartie Schach spielen. Später würden sie sich in ihre Zimmer zurückziehen, um an den Märchen weiter zu schreiben, an denen jeder gerade arbeitete.

„Guten Abend, Mrs. Vanderbuilt, grässliches Wetter heute."

„Guten Abend, Herr Perrault, ja, wirklich grässliches Wetter, tatsächlich."

„Guten Abend, Mrs. Vanderbuilt, es sieht aus, als würde das Wetter besser werden."

„Guten Abend, Herr Andersen, ja, wahrscheinlich wird das Wetter besser."

Die alte Haushälterin kannte sie nun beide sehr gut. Wenn der eine schwarz sagte, sagte der andere weiß. Seit dreißig Jahren lebten sie nun zusammen und stritten sich wie Hund und Katze, konnten sich aber nicht eine Stunde voneinander trennen. Sie stimmte in allem zu, damit sie ihre Ruhe hatte.

Sie nahm beiden ihre Mäntel ab, und nachdem sie diese vor der Tür etwas abgeklopft hatte, drehte sie sich um, um wieder ins Haus zu gehen.

„Ah, ich habe vergessen, Ihnen etwas zu sagen. Zwei Herren erwarten Sie."

„Zwei Herren? Welche Herren? Ich kann mich nicht erinnern, dass wir in den letzten zwanzig Jahren jemanden eingeladen hätten", sagte Perrault überrascht.

„Ja", nickte Andersen, „Die letzten neunzehn Jahre, um genau zu sein. Seit Jahren hat niemand einen Fuß in unser Haus gesetzt."

„Was soll ich dazu sagen", meinte die Haushälterin schuldbewusst. „Sie kamen vor kurzem hier an und haben sich im Salon breitgemacht. Sie haben sogar nach Bier gefragt, aber wir haben natürlich keines im Haus. Sie haben sich mit etwas Cognac begnügt, den ich in der Vorratskammer gefunden habe".

Die beiden alten Herren gingen in den Salon. Die beiden Männer, die auf dem Sofa saßen, standen sofort auf.

„Herr Perrault, Herr Andersen, einen wunderschönen guten Abend", sagten beide fast gleichzeitig.
„Guten Abend die Herren, bitte nehmen Sie wieder Platz. Wenn Sie so freundlich wären und mich an Ihre Namen erinnern könnten, sie sind mir entfallen", sagte Andersen.
„Wir sind die Gebrüder Grimm. Vielleicht haben Sie von uns gehört. Ich bin Jakob Ludwig Karl und das ist mein Bruder Wilhelm Karl, wie Sie vielleicht wissen..."
„Aber ja", unterbrach ihn Perrault. „Sind Sie nicht die Universitätsprofessoren, die ganz Deutschland auf den Kopf gestellt haben, indem sie alle alten Märchen gesammelt haben? Ich hoffe, Sie stellen sie nicht als Ihre eigenen vor, wie das ein paar Ihrer Kollegen tun, Namen möchte ich hier nicht nennen".
Die Gebrüder schienen, durch den Seitenhieb Perraults, etwas verstört. Ihre Gesichter waren rot angelaufen und Schweißperlen glänzten auf ihrer Stirn.
„Aber, was sagen Sie da, natürlich nicht! Wir dokumentieren und schreiben die alten überlieferten Märchen auf, damit sie nicht verloren gehen. Alle sind uns sehr dankbar dafür."
„Beruhigen Sie sich bitte, meine Herren", schaltete sich Andersen ein. „Wir hatten nicht vor, Sie zu beleidigen. Also, Sie schreiben die überlieferten Märchen nieder. Dann kann ich mir vorstellen, was Sie hierher führt..."
„Nein, nein", sagte der eine Grimm. „Sie haben nicht verstanden. Wir sammeln nicht die Märchen lebender Schriftsteller, das ist deren

Aufgabe. Außerdem haben wir gar nicht die Möglichkeit, die Lizenzgebühren zu bezahlen. Unsere Gehälter sind lächerlich klein."
Das Gespräch begann bereits Perrault auf die Nerven zu gehen. „Warum sind Sie dann hergekommen, und das mitten im Winter? Sagen Sie es, damit wir endlich mit dem Tee beginnen können."
Der andere Grimm öffnete eine Ledertasche und nahm einen Umschlag heraus.
„Lesen Sie das, bitte" sagte er.
Perrault nahm sein Monokel und begann laut zu lesen.

Verehrte Literaten,
liebe Gebrüder Grimm,

ich, der Ihnen schreibt, bin der Böse Wolf
aus den Märchen.
Mit diesem Schreiben lade ich Sie ein,
unserem Kongress beizuwohnen,
der im kommenden Frühling in meinem Haus
stattfinden wird.
Wir werden über die Schriftsteller sprechen,
die uns gemeinerweise als „Böse"
beschreiben. Wir halten Sie nicht für Schriftsteller,
sondern für Märchensammler, und deshalb
erlaube ich Ihnen zu kommen.
Die Anderen – Sie wissen schon welche –
lade ich nicht ein, weil ich nicht weiß,
ob ich die Wut der Teilnehmer unter Kontrolle halten kann.
Es könnte zu Ausschreitungen kommen.
Sie aber sollten teilnehmen. Sollten Sie aber nicht kommen
können, ist es auch nicht schlimm.

Freundliche Grüße an Ihre Großmutter
Böser Wolf

Perrault, rot vor Wut, schleuderte sein Monokel in die Ecke, genau in dem Moment als die Kuckucksuhr vier Uhr schlug. Es traf den Vogel am Schnabel und das Zwitschern blieb ihm im Hals stecken.
„Das darf doch nicht wahr sein! Ein Kongress für Märchen und wir werden nicht eingeladen?"
„Verstehen Sie jetzt, warum wir gekommen sind?" fragte der eine Grimm.
„Um Ihnen die Einladung zu zeigen", meinte der andere Grimm.
Andersen kaute die ganze Zeit an den Pfefferminzplätzchen und zeigte keine Gefühlsregung. Als er seinen letzten Bissen heruntergeschluckt hatte, wandte er sich an die Gäste.
„Regen Sie sich nicht auf, meine Freunde. Sie haben uns nicht eingeladen, also werden wir auch nicht hingehen. So einfach ist das!" meinte er.
„Selbstverständlich werden wir hingehen", schrie Perrault. „Wir werden es nicht zulassen, dass sie in Ruhe über uns herziehen und uns bei den Kindern zum Affen machen. Es ist mir gleichgültig... Ich werde hingehen, auch ungeladen."
„Mit einer Einladung aus zweiter Hand gehe ich nicht hin", stellte Andersen fest. „Außerdem glaube ich nicht, dass uns dieser Kongress etwas angeht. So oder so, in unseren Märchen gibt es keine blutrünstigen Monster."
„Also so ist das, Hans. Bist du vielleicht ein Feigling? Dein Benehmen überrascht mich gar nicht. Irgendwann werden sie aber auch deine schmutzige Wäsche waschen, und dann will ich dich sehen."
Perrault schäumte vor Wut.

Die Gebrüder Grimm wussten nicht, wohin vor Scham. Diese alten Männer stritten sich wie kleine Kinder, und das vor ihnen. Sie mussten etwas tun.

Schließlich sagte der eine: „Es gibt da einen Weg, unbemerkt auf den Kongress zu gehen. Ich habe da einen Plan..."

Der Kleine und sein Schicksal

Völlig aus der Puste setzte sich Rumpelstilzchen auf die Wurzel einer Kastanie, um sich auszuruhen. Die ganze Nacht hatte er getanzt und war über das Feuer gehüpft, wie er das schon seit seiner Kindheit tat. Die Zeiten damals waren allerdings anders. Alle Tiere und Waldgeister tanzten zusammen und hatten eine Menge Spaß. Jetzt aber kam niemand mehr in seine Nähe, als hätte er die Cholera. Wo immer er auch hinging, um sein Feuer zu entfachen, hörte er sofort die Warnung, die ihm sehr wehtat: „Achtung, der Zwerg!"

Sofort waren alle weg. Keine Seele kam in seine Nähe. Er hatte nichts unversucht gelassen, um diesen Zustand zu ändern. Was für Geschenke hatte er verteilt, Bestechungsgelder jedem einzelnen Tier versprochen, nichts. Alle gingen verächtlich weg und sagten: „Geh weg, du Erpresser" oder „Ich will nichts mit dir zu tun haben, du notorischer Entführer!"

Er aber hatte nichts Böses getan. Er hatte eine Vereinbarung auf Ehr und Gewissen getroffen: Der Tochter des Müllers zuliebe sollte er

Stroh flechten und es zu Gold machen. Wenn diese es nicht schaffte, seinen Namen herauszufinden, musste sie ihm als Bezahlung ihr erstes Kind geben. Er hatte seine Abmachung ordentlich und ehrlich eingehalten. Als dann die Zeit kam, das Kind zu holen, waren alle über ihn hergefallen, um ihn nieder zu machen. Durch einen Verrat konnte das Mädchen seinen Namen herausfinden, und so hatte er das Kind nicht bekommen und nicht einmal ein „Dankeschön" gehört. Und als ob das nicht genug gewesen wäre, hatten sie ihm auch noch den Beinamen „Erpresser" angehängt. Sie hatten ihm auch noch alle Türen vor der Nase zugeschlagen.
Er bekam nirgendwo Arbeit. Alle schickten ihn weg und sagten, sie hätten keine offenen Stellen. Nur ein paar verdächtige Subjekte näherten sich ihm ab und an nachts und flüsterten ihm zu: „Hast du Lust auf eine Erpressung, und den Gewinn teilen wir uns?"
Dann wieder bot ihm ein vergessener Schriftsteller die Rolle eines Bösen in einem Märchen an und versprach ihm eine Beteiligung am Verkauf. Er aber nahm nicht an. Aber wie lange noch? Wenn ihm die Gesellschaft die Wiedereingliederung verwehrte, wie lange konnte er sich noch der Kriminalität widersetzen?
Darüber dachte Rumpelstilzchen nach und verfiel in tiefe Trauer. Das ohnehin schwere Schicksal des Zwerges reichte nicht, sie lachten ihn auch noch aus und verjagten ihn obendrein. Der Zwerg und sein Schicksal.
Er wollte gerade aufstehen, weil das Feuer am Ausgehen war. Es durfte nicht ausgehen, denn der Tanz um das Feuer war das einzige, was ihm noch Freude bereitete. Aber etwas erregte seine Aufmerksamkeit.
„Jemand im Wald?" schrie er laut.

Tatsächlich, etwas weiter tauchte mit schleppenden Schritten die Schildkröte auf, als würde sie außer ihrem Panzer auch noch einen Wohnwagen hinter sich herziehen müssen. Rumpelstilzchen beeilte sich, sie zu begrüßen.

„Welch eine Freude, dich zu sehen", begrüßte er sie überschwänglich.

Sie begrüßte ihn völlig ermüdet und gab ihm den Brief, den sie in ihrem Maul hielt.

„Er ist schon seit Monaten da, aber der Hase hat sich geweigert, ihn dir zu bringen. Also habe ich mich auf den Weg gemacht, aber du weißt ja wie lange das dauert..."

Rumpelstilzchen nahm den Brief und öffnete ihn schnell. Sein Herz klopfte laut, als er ihn las. Der Zwerg faltete den Brief wieder zusammen und schüttelte traurig seinen Kopf.

Kleiner Zwerg Rumpelstilzchen,

ich, der Böse Wolf der Märchen, habe eine wichtige Entscheidung getroffen:
Ich veranstalte im Frühling in meinem Haus einen Kongress, bei dem „Bösewichte" der Märchen sprechen werden. So auch Deine Wenigkeit.
Ich glaube, dass Dir große Ungerechtigkeit widerfahren ist und wir zum Gegenschlag ausholen müssen. Nur Du weißt, was Du nach der Anklage wegen der Entführung eines Minderjährigen alles erdulden musstest. Du bist zum Sündenbock...
Entschuldigung, zum Sündenzwerg geworden.
Komm also zum Kongress, um allen zu erklären, was damals wirklich geschah, und um endlich die Wahrheit ans Licht zu bringen. Schreib mir das Thema Deines Vortrages, damit ich es im Programm aufnehmen kann.

Ich küsse Dich freundlichst
Der Böse Wolf

„Nun bekommt man schon mal eine Einladung in all den Jahren, und dann stellt man fest, dass sie vom Abschaum der Märchenwelt ist. Ich habe aber ein dringendes Bedürfnis mit jemandem zu reden und endlich mal wieder unter Freunden zu sein. Wenn es Böse sind, na ja, umso schlimmer."

Während er die Einladung nochmals las, stellte er fest, es war ja bereits Frühling! Er hatte keine Zeit mehr eine Antwort zu schreiben, und wer sollte sie überbringen? Die Schildkröte würde fünfzig Jahre benötigen, um zum Märchenland zu kommen. Wenn er sofort losrennen würde, vielleicht könnte er es dann schaffen, rechtzeitig dort zu sein.

„Ich mache mich sofort auf den Weg, liebe Schildkröte", sagte er, während er noch schnell ein paar Kleidungsstücke in seinen Beutel stopfte. „Ich gehe zum Kongress der Bösen, um dort einen Vortrag zu halten."

„Und zu welchem Thema wirst du den Vortrag halten?" fragte ihn die Schildkröte neugierig.

„Der Fluch der Unterschiedlichkeit", antwortete der Zwerg und machte sich eilig auf den Weg.

„Warte", schrie ihm die Schildkröte hinterher. „Kannst du mir zur Belohnung für meine Mühe einen Gefallen tun?"

„Was für einen Gefallen?", fragte der Zwerg und blieb kurz stehen.

„Kannst du mir das Haus, das ich auf dem Rücken trage, abnehmen und mir dafür ein richtiges Haus bauen? Ich hätte so gerne ein zweistöckiges."

„Hast du sie noch alle?", meinte der Zwerg und fing an zu rennen. „Als hätte ich nicht schon genug Sorgen. Dann werden sie behaupten, ich werfe alte Weiber aus ihren Häusern, um Hochhäuser zu bauen!"

Tausend Böse brauchen viel Platz

Der Böse Wolf kam an diesem Morgen schwer aus dem Bett. Sein ganzer Körper schmerzte, als ob ihn zehn Boxer verprügelt hätten. Aber wie sollte er keine Schmerzen haben, wo er doch die letzten drei Monate wie ein Sklave geschuftet hatte, und das von früh morgens bis tief in die Nacht! Es war nicht einfach, mit wenig Geld Kongresse zu organisieren!

Er hatte alles aus eigener Tasche bezahlt, wenn man die Programme und die Plakate nicht berücksichtigte, die von den zwei Verlegern Patatakis und Fountoukiotis gestiftet wurden. Im Gegensatz dazu hatte sich die Internationale Organisation der Märchen geweigert, seinen Kongress zu fördern. Sie waren nicht sicher, so sagten sie, ob dieser Kongress der Kinderliteratur förderlich sei oder ihr schade. Was die nicht sagten! „Jetzt waren die Kongresse daran schuld, dass die Jugend- und Kinderliteratur nicht gut lief oder war es der Unsinn, den die Schriftsteller schrieben?" dachte sich der Böse Wolf und stand auf um an die Arbeit zu gehen.

Was hatte er bis Mai nicht noch alles zu erledigen!

Er musste die Wasserleitungen im Haus reparieren, die seit zehn Jahren in einem elenden Zustand waren, die Küche modernisieren um die vielen

Menschen versorgen zu können, die sich zum Kongress angemeldet hatten. Er musste einige neue Möbel kaufen und für die Zeit des Kongresses Personal einstellen. Das Schlimmste von allem allerdings war, dass er ein paar zusätzliche Zimmer anbauen musste, weil einige seiner Gäste übertriebene Erwartungen hatten. Ihre Hoheit, zum Beispiel, hatte zwanzig Schränke für ihre Kleider verlangt. Wie konnte es denn möglich sein, dass sie für drei Tage zwanzig Schränke brauchte! Aber was sollte er tun? Er musste sie beschaffen. Gut, dass die Drei Schweinchen gekommen waren, die die besten Maurer der Gegend waren und Tag und Nacht gearbeitet hatten, bis die Zimmer und die Schränke fertig waren. Eine Menge Geld hatte er bezahlt, ganz zu schweigen von der Angst vor den Nachbarn, dass sie ihn nach Lust und Laune hätten anzeigen können.

Was soll's, alles war rechtzeitig fertig geworden und der große Tag konnte kommen.

Heute würden die Teilnehmer ankommen! Er war sehr aufgeregt. Würden auch alle kommen, oder wie es bei Kongressen oft der Fall war, eine Ausrede finden, sich zu drücken? Dieses Fiasko würde er nicht durchstehen, wenn der große Saal leer bliebe. Aber nein, er brauchte sich nicht zu sorgen, fast alle Gäste hatten auf seine Einladung geantwortet und ihre Teilnahme bestätigt. Außerdem hatte er den Kongress in allen wichtigen Zeitungen angekündigt. Er hatte sogar darin betont, dass jeder Interessent daran teilnehmen könne, und das zu einem lächerlich geringen Eintrittspreis. Bei allen guten Geistern, würde denn keiner so neugierig sein, so viele auf einen Fleck versammelte Märchenhelden sehen zu wollen?

Außerdem hatte er in die Anzeige schreiben lassen, dass es eine reichhaltige Tafel gäbe. Alleine das sollte genug sein, um einen Saal zu füllen. Die ungeladenen Kongressteilnehmer würden morgens ankommen, um nur dem Kongress beizuwohnen, und dann am Abend wieder abreisen. Die, die eine Einladung bekommen hatten, würden drei Tage lang bleiben: Den heutigen Tag der Anreise, den morgigen, an dem der Kongress stattfinden würde und den Tag der Abreise.

Der Wolf ging zum sechsten mal in den Kongresssaal und sah sich um. Die Programme, Plakate, Blumen, das Geschirr, alles an seinem Platz. Das war den Sieben Geißlein zu verdanken, die die Dekoration übernommen hatten. Das hatten sie sehr gut gemacht, auch wenn sie ihm mit ihrem Getrampel den ganzen Tag ganz schön auf die Nerven gegangen waren.

Er ging leise aus dem Raum und schloss die Tür hinter sich. Im gleichen Augenblick hörte er ein Geißlein rufen: „Wolf, Wolf, bist du da? Die ersten Gäste sind soeben angekommen!"

Aus der gepflegten Kutsche waren zwei Herren ausgestiegen. Der erste war ein sehr gepflegter junger Mann mit gestärktem Anzug und einen hohen Hut. An seinem Kragen steckte eine frische Kamelie. Nervös bewegte er mit seiner rechten Hand seinen Gehstock mit silbernem Griff hin und her. Hinter ihm stieg ein rundlicher Herr aus, so um die sechzig, der mit Mühe eine Holztruhe hinter sich her zog. Der Wolf beeilte sich, sie zu empfangen.

„Willkommen, liebe Herren..."

„Oscar Wilde", stellte sich der gut gekleidete Herr vor und neigte leicht seinen Kopf. „Mein Gott, sie müssen der Böse Wolf sein".

„Ihr untertänigster Diener, Verehrtester", sagte der Wolf und hielt ihm seine Hand hin, die sein Gegenüber übersah. „Sie sind pünktlich wie ein Engländer", fuhr der Böse Wolf fort.
„Sie sind der Erste, der mir die Ehre erweist und..."
„Geben Sie bitte die Anweisung, dass man mein Bad vorbereitet. Sagen Sie, sie sollen drei Tropfen Lavendelöl ins Wasser tun. Ah, ja! Bringen Sie James unter. Mein armer Butler wäre dankbar für eine gute Dosis schottischen Whisky nach den Strapazen der Reise."
Der Wolf entfernte sich mit eingezogenem Schwanz. Dieser versnobte Engländer ging ihm auf die Nerven, aber es war nicht der richtige Augenblick, ihm die Zähne zu zeigen. Schließlich war er sein Gast!
Von dem Augenblick an, als der Engländer mit seinem Butler angekommen war, hatte der Wolf keine ruhige Minute mehr. Ständig lief er in den Hof, um die ankommenden Gäste zu begrüßen. Was sie alles anschleppten, war unbeschreiblich. Der Salon des Hauses war voll mit Truhen, Koffern, Säcken, Hutschachteln, sogar ein Käfig mit einem Papagei hatte Trivizas mitgebracht. Es war ein unsympathischer und geschwätziger Vogel. Wenn ihn nicht sein Lieblingsschriftsteller mitgebracht hätte, würde der Wolf Anweisung an den Koch geben, ihn mit Zwetschgen gefüllt in den Backofen zu schieben. Aschenputtels Stiefmutter kam mit ihren Töchtern gerade in einer Kutsche in Form eines Kürbisses an. Sie verlangten nach Tee und Süßkartoffeln. Woher sollte denn der arme Wolf Süßkartoffeln bekommen, zu dieser Jahreszeit? Er sagte ihnen, er hätte keine, und die eine Schwester fing an zu weinen. Sie hatten alle Hände voll zu tun, sie wieder zu beruhigen. Schließlich konnten sie sich auf ein paar Kekse

einigen, die die Hausdame in einem Schrank im Speisezimmer fand. Die Gebrüder Grimm brachten zwei Greise mit, die, wie sie sagten, große Professoren der Universität waren, an der auch sie lehrten. Wie fürsorglich sie diese behandelten und wie oft sie sich vor ihnen verneigten, war unglaublich. Es hätte nur noch gefehlt, dass sie ihnen die Füße küssten. Diese nahmen die Aufmerksamkeiten mit säuerlicher Miene an, als ob sie ihnen einen Gefallen täten. Der Wolf bekam beinahe einen Herzinfarkt. Wo sollte er denn all diese Menschen unterbringen? Das ging doch nicht. Man lud zwei ein, und es kamen ohne Vorwarnung vier. Er würde sie alle in ein Zimmer stecken, auch wenn sie sich gegenseitig auf die Füße stiegen. Das war schließlich nicht sein Fehler.
Die Königin allerdings war der Gipfel. Außer den drei Kammerfrauen hatte sie auch noch hundertzwölf Koffer angeschleppt, neununddreißig Hutschachteln, sieben Kisten Kosmetikartikel und einen heruntergekommenen Spiegel, der sprechen konnte wie ein Mensch! Der Wolf musste sieben Beruhigungsmittel hintereinander schlucken, um die Situation zu meistern. Als erstes versprach er seinem Personal eine saftige Lohnerhöhung, weil sie schon die Arbeit hinwerfen wollten, als sie merkten, wie viel es war. Dann nahm er seine ganze Geduld zusammen, um seine Gäste auf ihre Zimmer zu verteilen, bis das Abendessen fertig war. Danach ging er in die Küche, wo die Drei Schweinchen die Aufgaben eines Kochs erledigten, und befahl: „Kocht zwanzig Hühner für die Abendsuppe. Und passt auf, dass der Fuchs nicht in die Nähe der Küche kommt!"
Das würde ihm noch fehlen. Wenn die Hauswirtschafterin, der Fuchs, das Abendessen seiner Gäste wegfressen würde!

Eine wundervolle Atmosphäre

Der Wolf fühlte sich glücklich und entspannt, wie seit Monaten nicht mehr. Er saß am Tischende und schaute voller Stolz auf seine Gäste. „Was für eine wundervolle Atmosphäre!" flüsterte er, und lächelte seine Gäste an.

Der Lüster über dem großen Tisch ließ die Teller glänzen, als wären sie aus teurem Porzellan. Nur er alleine wusste, dass es sich um Geschirr zweiter Wahl mit Fehlern handelte. Er hatte es auf dem Basar gekauft. Ebenfalls nicht bemerkt hatten die Teilnehmer, dass das meiste gar nicht zueinander passte, weil sie alle über das Essen hergefallen waren, wie hungrige Wölfe. Er dagegen tat so, als hätte er gar keinen Hunger, weil er abwarten wollte, ob das Essen für alle reichen würde. Er würde später die Reste in der Küche essen.

Es war Zeit für Kaffee und Kuchen, und allgemein herrschte ausgelassene Stimmung. Sogar die weinerliche Stiefschwester Aschenputtels lächelte über die Witze, die Trivizas erzählte, der neben ihr saß.

Schneewittchens Stiefmutter, bekleidet in einer aufsehenerregenden Robe und mit einem Pfund Brillanten an jeder Hand, hatte sich zwischen Oscar Wilde und die Stiefmutter Aschenputtels gesetzt. Die arme Frau hatte die Augen ganz weit aufgerissen und betrachtete den Schmuck der Königin. Den könnte sie auch besitzen, dachte sie, wenn der Prinz eine ihrer Töchter geheiratet hätte, anstelle ihrer undankbaren Stieftochter. Sie trank einen Schluck Tee und wandte sich zur Königin, um zu versuchen, mit ihr ins Gespräch zu kommen. Dieser Kongress war eine gute Gelegenheit für sie und ihre hässlichen Töchter, Kontakte zu knüpfen. Vielleicht ließe sich doch noch die eine oder andere Tür öffnen.

„Wunderschön, das Chiffon Ihrer Robe, Majestät. Ich hatte mir für den Ball des Prinzen auch eine Robe aus Chiffon genäht, in kanariengelb..."

„Das muss aber lange her sein", unterbrach die Angesprochene sie mit einem überheblichem Lächeln. „Kanariengelb wird seit Jahren nicht mehr getragen. Ich habe alle meine kanariengelben Roben dem Personal geschenkt, um meine Schränke etwas zu leeren".

Die arme Frau schluckte die Beleidigung hinunter und machte noch einen Versuch, die Unterhaltung fortzusetzen.

„Beim Tee auf der Versammlung des Sozialamtes, habe ich gehört, dass man die tägliche Ausgabe von Essen an die Armen wieder einführen will. Ist das nicht phantastisch?"

„Natürlich wäre das für dich phantastisch, meine Liebe. So hättest du wenigstens dein tägliches Essen sichergestellt. Das ist sehr wichtig für eine Frau mit deinen finanziellen Möglichkeiten."

Die unglückliche Frau kauerte sich in ihren Sessel wie ein begossener Pudel. Die Reichen sind sehr hartherzig, dachte sie traurig. Aber was will man von einer Frau erwarten, die den Auftrag gegeben hatte, die Tochter ihres Mannes umzubringen, weil sie schöner war als sie selbst? Jetzt würde sie es ihr geben...

„Ihr Gesicht sieht sehr gut aus, Hoheit. So jugendlich. Diese Cremes heutzutage. Wahre Wunder können sie bewirken. Und wenn sie Handschuhe tragen würden, damit man die Altersflecken nicht sieht, würde keiner glauben, dass Sie bald sechzig sind."

Die Königin warf ihr einen tödlichen Blick zu und drehte sich demonstrativ dem Herrn auf der anderen Seite zu.

„Mein Lieber, ich konnte ihren Namen nicht verstehen."

„Gar nicht ungewöhnlich. Schließlich wurden wir uns ja auch nicht vorgestellt. Erlauben Sie. Wilde. Oscar Wilde, Schriftsteller", sagte er und stand auf.

„Setzten Sie sich doch bitte. Also Schriftsteller... von Märchen, vermute ich mal, sonst wären Sie ja nicht unter uns. Trotzdem frage ich mich, was Sie auf einem Kongress zu suchen haben, auf dem Sie für die Unwahrheiten angeklagt werden, die Sie über uns geschrieben haben, die angeblich Bösen der Märchen?"

Der englische Aristokrat fühlte sich bei dem Gedanken, dass er sich für seine Schriften rechtfertigen müsse, sichtlich unwohl in seiner Haut. Er glaubte, dass Künstler grundsätzlich frei wären zu schreiben und sich zu benehmen, wie sie wollten, damit ihr Talent nicht durch Kompromisse und übertriebener Vorsicht beeinträchtigt werden könne.

„Ich bin als Revolutionär hier, Hoheit. Nein, bitte regen Sie sich nicht auf. Ich habe lediglich das Klischee des bösen Riesen in einem Märchen erschaffen, den hartherzigen Riesen, falls Sie davon gehört haben."

„Reden Sie bitte weiter, es hört sich interessant an..."
„Also, meine Figur, der hartherzige Riese, wird am Ende des Märchens ein gutes Wesen. Das ist sehr fortschrittlich in einer Zeit, wo die Riesen, wie übrigens auch die Zwerge, als blutrünstige Monster dargestellt werden. Nach mir haben verschiedene Schriftsteller und Schreiberlinge versucht, Wölfe als Lämmchen darzustellen, und können nicht verstehen, warum sie keine Bücher verkaufen, wie ich höre."
Die Königin betrachtete ihren Nachbarn nun mit wirklichem Interesse.
„Ich frage mich mein Herr, ob sie ein Märchen über eine gute und schöne Königin schreiben könnten ..."
„Oh, nein", unterbrach er sie, „das ist ganz und gar unmöglich! Nur eine tote Königin ist eine gute Königin! Erinnern Sie sich an die Mutter von Schneewittchen. Sie wurde als Heilige dargestellt, weil sie sehr früh starb. Da müssen Sie noch ein bisschen warten – noch ziemlich lange – bis auch etwas Gutes über euch Könige geschrieben wird."
Die böse Königin erhob sich erbost vom Tisch und sagte, sie müsse auf ihr Zimmer, um sich die Nase zu pudern. Der englische Aristokrat zündete sich eine Zigarre an und bat den Bären, der mit einer gestärkten weißen Schürze hinter ihm stand, um einem Brandy.

Sie waren bereits auf einen letzten Drink in den Salon gegangen. In einer bequemen Ecke saßen die Gebrüder Grimm, und zwischen den beiden saßen die zwei greisen Professoren. Der Wolf näherte sich ihnen und setzte die freundlichste Miene auf, die mit seinem Wolfsgesicht möglich war.

„Verehrte Herren, ist alles in Ordnung? Kann ich noch irgendetwas für Sie tun?"
„Schließen Sie das Fenster hinter uns, bevor wir eine Lungenentzündung bekommen", sagte einer der Greise etwas heftig.
Der Wolf beeilte sich, das Fenster zu schließen, und kam sofort wieder zurück. „Ihr Wunsch ist mir Befehl. Sonst noch etwas?"
„Öffnen Sie bitte die Fenster, denn durch den vielen Rauch hier drinnen werden wir bald ersticken", meinte der andere Greis mit einem freundlichen Lächeln.
Der Wolf blickte verzweifelt die Gebrüder Grimm an. Verflucht sei die Stunde, wo er all diese verstaubten Literaten einlud. Nur Probleme und Streitereien. Die könnten nicht mal an zwei Esel Heu verteilen, geschweige denn sich bei den Märchen einigen.
„Aber ich habe doch soeben das Fenster geschlossen", sagte er und hielt seine Wut zurück. „Soll ich es wieder öffnen?"
Der eine Grimm schaltete sich ein, um die Situation zu retten.
„Öffnen Sie bitte das Fenster, Herr Wolf, das Fenster auf der gegenüberliegenden Seite des Saals, und bringen Sie uns eine Wolldecke, um sie um die Schultern unseres verehrten Herrn Pe..., Pe..., Professors zu legen, und bitten sie die Teilnehmer, das Rauchen etwas zu reduzieren."
Der Wolf machte sich auf den Weg, den neuen Wunsch zu erfüllen, und ein weiteres Mal versuchte er, seine Wut hinunterzuschlucken.
Die beiden Schwestern der Schönen saßen still in einer Ecke, fern von den übrigen Gästen. Sie wünschten sich in dem Moment nichts sehnlicher, als im Gemeinschaftsraum der Psychiatrie zu sitzen, in der sie die

letzten Jahre gelebt hatten. Wie beschaulich war dort ihr Leben! Sie hatten jeden Tag das gleiche Programm, etwas, das ihnen Sicherheit und Geborgenheit vermittelte. Das Frühstück gab es genau um viertel nach sieben, Spaziergang um neun, Gespräch mit dem Psychiater um elf, Essen um zwölf, Ausruhen bis um drei und dann bis zum Schlafengehen Fernsehen. Um acht gingen sie dann zu Bett.

Sie fühlten sich hier in dieser plaudernden Menge gar nicht wohl. Und was das Schlimmste war, sie mussten am nächsten Tag diesen Kongress durchstehen, bei dem sie einen Vortrag über ihre persönlichen Probleme halten sollten.

Das ging wirklich über ihre Kräfte. Die Geschichte mit ihrer Schwester, der Schönen mit ihrem Biest, war etwas, was sie seit Jahren zu vergessen versuchten. Auch wenn ihr Psychiater glaubte, dass dieser Kongress die Therapie gegen ihre Depressionen unterstützen würde, sie selbst waren überzeugt, dass sie als seelische Wracks zurückkehren würden.

Als sie die zwei hässlichen Frauen näher kommen sahen, machten sie sich in ihren Sesseln ganz klein und taten so, als würden sie sich unterhalten. Diese aber bauten sich dreist vor ihnen auf.

„Schönen guten Abend, meine Lieben", sagte die eine.

„Wir haben gehört, dass auch ihr verschmähte Schwestern seid, genau wie unsere Wenigkeit", sagte die andere und fuhr fort: „Dürfen wir uns vorstellen? Wir sind die Stiefschwestern Aschenputtels, falls ihr euch an die Zeilen erinnert, in der wir in der Luft zerrissen werden".

„Tut mir leid, haben wir nicht mitbekommen", wisperte die eine Schwester der Schönen.

„Sie brauchen sich nicht zu entschuldigen", meinte die Hässlichere der beiden Schwestern. „Alle die, die nicht lesen, tun uns einen Gefallen. Morgen auf dem Kongress werden wir ihnen schon die Meinung sagen. Die ganze Welt muss endlich erfahren, was die ertragen müssen, die jüngere und schönere Schwestern haben. Die werden von den Schriftstellern hofiert, und nicht ein gutes Wort haben sie für die älteren. In den Märchen sind die Erstgeborenen die Idioten und Nichtsnutze. Die Kleinen sind die Klugen und Guten. Das ist die Regel, verstehen Sie? Ganz zu

schweigen davon, wenn du groß und hässlich bist, du im besten Fall deinen Vater sterbend zurückgelassen hast wie einen Hund. Entsetzlich!"
Die zwei depressiven Schwestern ließen den Ausbruch der Frau still über sich ergehen. Sie hatte Recht! Mussten sie nicht auch unter ihrer jüngeren Schwester leiden? Woran sollten sie sich zuerst erinnern!
„Von klein auf war die Schöne kränklich gewesen und der Vater hatte sich übertrieben um sie gekümmert. Wir waren ihre Dienerinnen bis sie groß wurde und es geschah, was geschehen musste. Der Vater hatte nie Augen für sie, als wären sie gar nicht seine Kinder! Und dann, als er uns gebraucht hätte, ..."
Sie hatten alles in ihrem Vortrag aufgeschrieben, morgen früh würden sie es erzählen. Sie würden den ganzen Schmerz und die Bitterkeit herauslassen, die sie seelisch und körperlich fertig machte.

Es war schon fast Mitternacht, und der Wolf war am Rande des Zusammenbruchs. Er hätte alles dafür gegeben, seinen überarbeiteten Körper in ein Bett legen zu können. Seine Gäste allerdings machten noch keine Anstalten, auf ihre Zimmer zu gehen. Alles umsonst, dachten sie sich wohl, das muss man ausnutzen. Sie sollten aber frühmorgens aufstehen, und der Kongress würde mit Sicherheit anstrengend werden. Sie mussten unbedingt vorher noch ein paar Stunden schlafen.
Nach einem kurzen Check seiner Liste, wusste er, dass alle Gäste angekommen waren, bis auf den Zwerg Rumpelstilzchen und der bösen Hexe, die kleine Koteletts in den Ofen schob – oder waren es Kinder, er konnte sich nicht mehr so genau erinnern. Vielleicht hatten sie sich verspätet

und würden am nächsten Tag anreisen. Auch wenn sie nicht kämen, ihm war das egal. Er hatte so schon genug Schwierigkeiten, alle unterzubringen.

Der Kamin war schon seit einer Weile ausgegangen und er hatte der Dienerschaft befohlen zu sagen, das Holz sei aus. Vielleicht würde die Kühle der Nacht sie in ihre Zimmer treiben. Andernfalls würde er hinausgehen und brüllen. Wie in der guten alten Zeit, oder ganz stark pusten, dass das Haus wackelte wie bei einem Erdbeben. Dann würden sie sich vielleicht endlich von ihren Sesseln erheben und schlafen gehen!

Auch die Bösen haben eine Seele

Der Kongresssaal war fast voll besetzt. Trotzdem kamen immer mehr Teilnehmer an, sodass bald alle Stühle belegt waren und weitere Ankömmlinge stehen mussten. Der Wolf traute seinen Augen nicht. So viele Menschen, junge, alte, Kinder, unglaublich! In seinen wildesten Träumen hätte er sich nicht vorstellen können, einen solchen Zulauf von Teilnehmern zu haben. Sogar eine Schulklasse mit ihrem Lehrer war im Saal! Er hatte sein Ziel erreicht, dachte er sich. Es waren genügend gekommen, um einen großen Medienrummel zu verursachen.

Er warf einen schnellen Blick auf die Teilnehmer. Als ihm klar wurde, wen er da alles sah, riss er ungläubig sein Wolfsmaul ganz weit auf. Fast alle Märchenfiguren waren da! Feen, gute und böse, Hexen mit Besenstielen, Meerjungfrauen mit ihren Prinzen, Eichhörnchen, Häschen, Bären, hässliche Entlein und Schwäne, reiche und arme Helden, hübsche und hässliche, alle! Irgendwo in der Menge sah er Aschenputtel und die Schöne nebeneinander sitzen und sich unterhalten. Schneewittchen saß etwas weiter drüben zwischen den Sieben Zwergen. Sein Blick schweifte durch den Saal und blieb plötzlich an einem roten Käppchen hängen. Das erinnerte ihn doch an etwas... Rotkäppchen! Rotkäppchen mit ihrer Großmutter! Heiß stieg ihm das Blut zu Kopf. Das ging wirklich über seine Kräfte!

Als er sich einigermaßen gefangen hatte, versuchte er, die schwarzen Gedanken zu ordnen, die ihm durch den Kopf jagten. Wie konnte es sein, dass alle Guten aus den Märchen zu einem Kongress der „Bösen" gekommen waren? Das bedeutete sicherlich nichts Gutes. Das war die reine Provokation! Irgend jemand hatte sie benachrichtigt. Wahrscheinlich die geladenen Schriftsteller, und sie waren gekommen, um Unruhe zu stiften. Was konnte er da noch tun? Wenn er sie hinauswarf, würde es zu Tumulten kommen und alles auseinander reißen. Am besten, er ignorierte sie und machte mit dem Programm einfach weiter.

Er stellte sich ans Rednerpult und nahm das Mikrofon. Er hüstelte ein paar Mal hinein, um zu prüfen, ob es funktionierte. „Meine Damen und Herren..."

Im Saal wurde es sofort still, und alle richteten ihren Blick auf das Podium.

„Sehr verehrte Damen und Herren, liebe Freunde der Märchen, liebe „böse" Kollegen. Ich begrüße Sie ganz herzlich zu unserem Kongress „Rassismus und Klischees in den Kindermärchen", und wünsche Ihnen viel Erfolg mit Ihren Vorträgen. Dieser Kongress hätte schon vor vielen Jahren stattfinden müssen, aber damals waren die Zeiten sehr schwer für uns, die Missverstandenen der Märchen. Jede Beschwerde wurde durch gnadenlose Propaganda im Keim erstickt. Kurz gesagt, es wurde die Meinung vertreten, das Gute würde durch sein Zusammentreffen mit dem Bösen hervorgehoben. Diese Rolle des Bösen haben die Schriftsteller eigenmächtig uns Wölfen, Zauberern, Zwergen, Stiefmüttern, bösen Schwestern zugedacht, sodass wir der Schrecken von Millionen von Kindern wurden, die, wie Sie verstehen werden, nicht in der Lage sind, Situationen richtig einzuschätzen und zu den richtigen Schlüssen zu kommen."

Unruhe ging durch den Saal und ein paar Temperamentvolle standen von ihren Sitzen auf und fingen zustimmend an zu rufen:

„Schande, Schande."

Der Wolf schlug mit der Hand aufs Mikrofon, damit wieder Ruhe einkehrte, und fuhr fort.

„Was wir in all den Jahren erleiden mussten, ist Ihnen wohl bekannt. Ich persönlich habe die schlimmsten Erniedrigungen hinnehmen müssen. Sie haben mich hingestellt, als würde ich kleine Mädchen in den Wäldern verführen, gutmütige Großmütter fressen, sechs Zicklein auf einem Sitz verschlingen. Und obendrein blamiert mich der Kleinste von allen. Ich meine jenes Märchen, in dem man mich drei Schweinchen von Haus zu Haus verfolgen ließ, und am Schluss fiel ich in einen Topf mit kochendem Wasser. Was für eine Blamage! Wahrscheinlich bin ich der einzige Held, der außer böse auch noch dumm ist. Eine Tatsache, die bei den Kindern einen falschen Eindruck vermittelt, weil, wie wir alle wissen, gefährliche Figuren klug und nicht dumm sind."

„Ich will Sie nicht mit allseits bekannten Fakten ermüden. Worum es jetzt geht, ist, dass die Zeit gekommen ist, das Establishment der Märchen zu zerschlagen. Die Logik von „schwarz-weiß" muss gebrochen und wir in den Augen der Kinder rehabilitiert werden. Erste Schritte sind bereits gemacht. Unter uns befinden sich Schriftsteller, die ihre altmodischen Märchen umgeschrieben und den Dingen einen neuen Anstrich gegeben haben."

Die Menge stand auf und rief im Takt:

„Bravo, Bravo!"

Trivizas und Wilde standen ebenfalls von ihren Sitzen auf und drehten sich mit zurückhaltendem Stolz dem Publikum zu.

„Weiter befinden sich unter uns", setzte der Wolf seine Rede fort, „Universitätsprofessoren und Wissenschaftler der Jugendliteratur, welche die Ergebnisse unseres Kongresses an ihre Studenten und auch an alle anderen, die sich mit uns beschäftigen, weitergeben werden. Sowohl positiv als auch negativ."

Die Rede des Wolfs wurde durch Applaus unterbrochen. Die Gebrüder Grimm, die in der ersten Reihe saßen, standen auf, um ihren Applaus entgegenzunehmen. Die beiden alten Herren hingegen blieben finster sitzen und schauten sichtbar pikiert in die begeisterte Menge. Der Wolf ergriff wieder das Wort.

„Meine Damen und Herren, es ist die Stunde gekommen, auch die Stimme des „Bösen" zu hören. Denn auch der Böse hat eine Stimme, aber vor allem hat er eine Seele, was unser Kongress beweisen wird. Ich bitte die hässliche Schwester von Aschenputtel auf das Podium, das Fräulein..."

Der Wolf blieb mitten im Satz stecken, da er ihren Namen gar nicht kannte.

Das Aschenputtelsyndrom

Das weinerliche und überaus hässliche Mädchen nahm ihren Platz am Mikrofon ein. Sie räusperte sich kurz und begann:

„Meine Damen und Herren, meine Freunde, missverstandene Kollegen... bäähhhh..." fing sie nach ein paar Worten zu weinen an.

Die Menge applaudierte und rief ihr Mut zu.

„Rede!"

„Hör nicht auf!"

„Hab Mut, Mädchen!"

Sie schniefte und begann noch einmal mit etwas mehr Mut.

„Meine lieben Freunde, wir haben uns heute hier versammelt, dem Wolf sei Dank, um über unsere vielen und auch überaus schwierigen Problemen zu diskutieren. Wir sind Lebewesen, die sich nicht trauen in Gottes Antlitz zu blicken, geschweige denn in das Gesicht eines Kindes. Das Verbrechen liegt aber bei den Verursachern. Wissen Sie, wie ich heiße? Nein! Nicht einmal ich kenne meinen Namen. Nicht einmal einen Namen konnten sie uns geben, nur mit Eigenschaften haben sie uns versehen. Die Böse, die Hässliche, die Hartherzige, nur so kennen uns die Kinder. Warum? Ich frage Sie warum?"

„Weil das die Wahrheit ist!", rief eine Frau aus der Menge. Alle drehten sich um, um zu sehen wer diejenige war, die da sprach. Als sie Aschenputtel erkannten, erhoben sie sich angriffslustig von ihren Sitzen.
„Ra-us, ra-us", fingen sie an zu brüllen.
Der Wolf sprang von seinem Stuhl auf und riss das Mikrofon an sich.
„Bitte, meine Freunde, bitte lassen Sie uns Ruhe bewahren. Es gehört sich nicht, auf einem Kongress zu brüllen. Stellen Sie sich vor, was man über uns berichten wird, dass wir uns wie Straßenköter an den Kragen gegangen sind, anstatt ruhig und zivilisiert zu diskutieren. Was Sie angeht, meine Dame", sagte er während er sich an Aschenputtel wandte, „bitte ich Sie den Vortrag nicht mehr zu unterbrechen. Was jeder zu sagen hat, kann er nach Ende der Vorträge tun."
Der Wolf gab der Schwester das Mikrofon und bedeutete ihr fortzufahren. Sie schniefte erneut und ging mit dem Mund etwas näher an das Mikrofon.
„Meine guten „Bösen" der Märchen. Ehrlich gesagt, hatte ich nicht vor, über meine persönliche Geschichte zu sprechen, ich meine über Aschenputtel. Aber nachdem diese hochnäsige Gans die Frechheit besaß, hierher zu kommen, um mich aufzuregen, werde ich Ihnen alles von Anfang an erzählen, damit Sie endlich wissen, was in Wirklichkeit passiert ist. Das Thema meines Vortrages ist „Das Aschenputtelsyndrom."
„Ich werde bei meiner Kindheit beginnen. Meine Schwester und ich sind zusammen mit Aschenputtel aufgewachsen. Meine Mutter war Bedienstete im Haus solange deren Mutter noch lebte. Was meine Mutter alles durch die Herrschaft mitmachen musste, kann ich ihnen gar nicht

beschreiben. Von frühmorgens an auf den Beinen, um all ihre Wünsche zu erledigen. Damals lebten wir in einem kleinen Zimmer im Keller, dunkel und kalt. Das Essen war immer knapp und Kleidung und Spielsachen brauchen wir gar nicht zu erwähnen. Vergessen wir es lieber. Was Aschenputtel wegwarf, sammelte meine Mutter für uns auf und zog es uns an. Im Gegensatz zu uns lebte die Herrschaft in Saus und Braus. Große Feste, Bälle, Luxus! All das beobachteten meine Schwester und ich durch das Schlüsselloch der Küche, und wie es zu erwarten war, waren wir ein bisschen eifersüchtig. Wissen Sie, was uns am meisten störte? Dass Aschenputtel uns überhaupt nicht mochte! Sie rief uns nie in ihr Zimmer zum Spielen, noch hat sie uns jemals auf eine ihrer Geburtstagsfeiern eingeladen. Ein paar mal hat sie mit uns im Garten gespielt, und da wollte sie immer die Prinzessin sein, und wir sollten die Dienerschaft sein. So eingebildet war sie!"

„Es kam aber die Zeit, wo sich das Blatt wendete. Ihre Mutter starb und ihr Vater verlor sein ganzes Geld. Damit damals meine Mutter nicht wegging und sie die Dienerin verloren, heiratete ihr Vater unsere Mutter, damit die Waisen auch einen Vater hätten, also wir. Was soll's, er hat nie was für uns getan. Bald darauf starb auch er, ohne uns auch nur einen Cent zu hinterlassen."

„In der Zwischenzeit waren wir alle drei herangewachsen. Sie war schön wie die Sonne und wir hässlich wie die Nacht. Aschenputtel war arm, aber die Nase trug sie immer noch hoch. Sie kommandierte weiter herum. Einmal, zweimal, dreimal, am Ende platzte unserer Mutter der Kragen. „Jetzt hör mal zu, Prinzesschen", sagte sie zu ihr, „die gute Hausfrau ist

Dienerin und Dame. Die Dame hattest du schon, es ist Zeit, dass du die Dienerin wirst. Vergiss den Luxus der Vergangenheit und ab an die Arbeit."

„Das ist auch der Anfang der Geschichte, meine Damen und Herren. Das haben die Märchenschreiber aber nicht aufgeschrieben. Dies ist der Zensur zum Opfer gefallen und das was davor war, wurde vergessen. Also begann das Märchen da, wo Aschenputtel schuftete und wir faulenzten. Die Herrschaft arbeitete und das Fußvolk lungerte herum. Nieder mit ihnen! So wurden wir als elende Monster dargestellt, die die Waise misshandelten."

„Soweit, so gut. Dann kam auch noch der Prinz mit seinem Ball. Man sagte uns nach, wir wären zum Ball gegangen und hätten Aschenputtel nicht mitgenommen. Warum sollten wir, haben Sie schon mal Hässliche gesehen, die ihre schöne Stiefschwester mitnehmen, wenn sie nach einem möglichen Bräutigam ausschauen? Was für Chancen hätten wir da noch, meine Schwester und ich, wenn der Prinz Aschenputtel gesehen hätte? Keine, wie sich ja beim Fortgang im Märchen zeigte."

„Also haben wir uns gedacht, wir gehen zu dem Ball, und vielleicht verliebt sich der Prinz in eine von uns. Aber woher soviel Glück! Wenn einer als Unglücksrabe geboren wurde, wird es ihn auch sein Leben lang verfolgen. Aschenputtel aber war als Glückskind geboren, und außerdem hatte sie eine gute Fee als Patin. So hatte sie dann eine Robe, eine Kutsche, und die Intrige war fertig. Ich glaube nicht, dass auch nur einer von Ihnen glaubt, dass sie den Ball um Mitternacht hat verlassen müssen. Das war ein Trick, jawohl, um das Interesse des Prinzen auf sich zu ziehen. Die mysteriöse Frau! Als ob wir das geglaubt hätten!"

„Was danach geschah, weiß ja jeder, damit ich Sie nicht mit alten Geschichten ermüde. Der Prinz hat die gute und schöne Aristokratin bekommen, und sie lebten gut und wir noch schlechter."
„Und was ist die Quintessenz? Die Schlussfolgerung ist, meine Freunde, dass du als Hässlicher in den Märchen keine Chance hast."
„Unser Leben ist das reinste Unglück. Aber wir lassen uns nicht unterkriegen. Auch für uns wird sich ein Prinz finden, zumindest ein Fürst, der an unsere Tür klopften wird und uns aus der Armut und der Misere rettet. Wir tragen vorsichtshalber Eisenschuhe, damit unsere Füße etwas kleiner werden. Auch die Asche im Kamin entfernen wir. Mit kleinen Füßen und mit Asche beschmiert werden wir auch zu Aschenputtels, oder?"

Sie fing wieder an zu weinen und zu schniefen. Die Menge war aufgestanden, applaudierte und rief:
„Bravo, Bravo, gut haben Sie das gesagt!"
„Weg mit dem Unrecht!"
„Weg mit der Zensur!"
„Schluss mit der Diskriminierung!"

Der Wolf nahm das Mikrofon und bat um Ruhe. Dann wandte er sich mit einem Lächeln an die Schwester, das seine Riesenzähne zeigte, sodass einige Teilnehmer vor Angst eine Gänsehaut bekamen.
„Wir danken unserer Freundin für ihren interessanten Vortrag, der uns gezeigt hat, dass die Schriftsteller nur das schreiben, was ihnen in den Kram passt, und was nicht, das unterschlagen sie."
„Und was haben Sie zur Meinungsfreiheit des Schriftstellers zu sagen?", sprang der aggressivere der beiden Greise aus der ersten Reihe auf.
Der eine Grimm versuchte ihn zum Sitzen zu bewegen, aber der fuhr aufgebracht fort.
„Hat denn ein Schriftsteller nicht das Recht zu schreiben, was er will? Was glauben Sie, was ein Märchen ist? Geschichte, bei der man die Gründe und Ursachen beschreiben muss?"
„Ich bin der gleichen Meinung wie der Alte", erhob sich auch Oscar Wilde von seinem Platz. „Der Künstler muss sich frei fühlen, wenn er etwas erschaffen will".
„Die Frage ist folgende: Sollen die Helden Freiheiten haben oder sollen sie Marionetten sein, die der Schriftsteller nach seinem Geschmack bewegen kann? Wenn wir das letztere glauben, dann müssten die Helden mit dem Tod des Schreibers sterben. Wir alle aber wissen, dass die literarischen Helden niemals sterben, also stehen sie auch über ihrem Schöpfer, also liegt das letzte Wort bei ihnen."

Zu dem Zeitpunkt stand auch der andere Grimm auf und wandte sich an Wilde.

„Erlauben Sie mir zu erwähnen, dass das letzte Wort beim Leser liegt. Dieser hat, nach neuesten Erkenntnissen, das Recht auf Beurteilung eines literarischen Werks."

Zur gleichen Zeit erhob Trivizas seine Hand und bat um das Wort, aber die Zuhörer, die langsam vom theoretisieren müde wurden, fingen an zu schreien:

„Nein, zum Teufel!"

„Uns interessieren Ihre Theorien nicht!"

„Machen Sie weiter, Wolf!"

Der Wolf nahm das Mikrofon und fing an zu knurren.

„Bitte, bitte, Ruhe im Zuschauerraum. Bitte habe ich gesagt! Ich werde Sie alle rauswerfen lassen, wenn nicht sofort Ruhe ist!"

Die Situation beruhigte sich, und der Wolf nahm wieder seinen süßlichen Gesichtsausdruck an, der allen die Haare im Nacken aufstellen ließ.

„Liebe Freunde, nach diesem interessanten Meinungsaustausch unserer verehrten Gäste wollen wir mit der Tagesordnung fortfahren. Ich bitte Dornröschens extrem böse Stiefmutter aufs Podium mit ihrem Vortrag zum Thema „Der Fluch der Schönheit."

Der Fluch der Schönheit

Die Königin schritt majestätisch aus ihrer Loge die Treppe hinab. Sie trug ein Kleid in der Farbe zerdrückter Bananen, und die Schleppe schleifte einige Meter hinter ihr her. Die Haut ihres Gesichts war noch ganz straff von der Maske, die sie am Morgen aufgelegt hatte. Sie hatte ihren Hals hinter zwei Dutzend Perlenketten versteckt, und in ihrem Haar hatte sie ein Diadem, bei dessen Anblick jeder Dieb in Verzückung geraten wäre. Sie kam aufs Podium und blickte eine Zeit lang ins Publikum, während sie nach einem Ausdruck von Bewunderung Ausschau hielt, zumindest wollte sie Applaus hören. Gar nichts. Das Publikum blieb unbeeindruckt. Die Königin öffnete ihre goldene Mappe und nahm das Schriftstück mit ihrem Vortrag heraus. Dann holte sie eine Flasche Eau de Cologne heraus, tröpfelte etwas davon auf das Mikrofon und zog es dann an sich.

„Unterwürfige und missachtete Kollegen, ich habe mit Interesse dieser hässlichen Frau zugehört, die ihre Sorgen erzählte, die sie durch ihre Hässlichkeit erleiden musste. Sie hat mir bis auf den Grund meines grausamen Herzens leid getan. Es ist wahr, dass es ein großes Unglück für eine Frau ist, hässlich zu sein. Die Hässlichkeit einer Frau ist unverzeihlich. Sie darf dumm sein, sie kann eine Dienerin sein, sie kann sein, was sie will, wenn sie hübsch ist, wird sie ihr Glück machen. Ob als dekorative Pflanze in einer Fernsehsendung, als Kleiderständer für hübsche Kleider, als Nummer in einem Nachtclub, oder als Dame eines Herrn, irgendetwas wird sich schon ergeben. Die Hässlichen aber sind verloren. Bestenfalls, wenn sie sehr intelligent sind, bekommen sie eine gute Stellung in einer Firma, um dem Chef dabei zuzusehen, wie er mit der einfältigen, aber hübschen Sekretärin herumalbert."

„Es ist ein großes Unglück für eine Frau, hässlich geboren zu werden. Aber glaubt mir, es ist ein ebenso großes Unglück sehr schön geboren zu werden. Das sage ich Ihnen, die Schönste der Schönen, die im Märchen Schreckliches durchstehen musste. In diesem hier nicht genannten Märchen hat man mich als eine dämonische Hexe dargestellt, die auf Biegen und Brechen ihre Stieftochter vernichten wollte. Ich will es nicht abstreiten! Ja, ich wollte sie aus dem Weg räumen. Aber warum? Das ist das Thema meines Vortrages, bei dem ich Ihnen erklären werde, welche die Gründe waren, die mich zu dieser Tat geführt haben."

„Ich war von Geburt an eine Schönheit. Ich war noch ein kleines Mädchen, als meine Eltern alle Hände voll zu tun hatten, um die Agenten zu vertreiben, die sich meine Schönheit zu Nutze machen wollten. Ganz zu schweigen von den Heiratsanträgen. Sie standen Schlange! Mit viel Überzeugungskraft wurde mein Vater bearbeitet, um mich an einem Schönheitswettbewerb teilnehmen zu lassen. Wie zu erwarten, gewann ich und durfte die Krone der Schönheit tragen."

„Und da begannen meine Sorgen. Ich habe natürlich vom ersten Augenblick an verstanden, solange ich Schönheitskönigin bin, liegt mir die ganze Welt zu Füßen. Verliere ich meine Schönheit, würden sie mich wie eine heiße Kartoffel fallen lassen. Auf dem Höhepunkt meiner Karriere kamen auch die königlichen Heiratsanträge. Warum, glauben Sie, wollte mich Schneewittchens Vater heiraten? Weil ich gutherzig und eine gute Hausfrau war? Nein! Weil ich die schönste Frau der Welt war, deshalb hat er mich geheiratet! Er hatte eine Vorliebe für Schönheit. Er ging mit mir überall hin, um mich herzuzeigen."

„Die ersten Jahre vergingen, und alle waren glücklich. Ich kümmerte mich um Schneewittchen wie eine wirkliche Mutter. Als aber die ersten Alterungszeichen auftauchten, veränderte sich das Verhalten meines Mannes. Ständig verletzte er mich mit Äußerungen wie: „Deine Haut gibt nach", oder „Deine Jugend ist vorbei". Das Schlimmste war, dass er anfing, den jungen Dingern schöne Augen zu machen, die im Palast bei jeder Gelegenheit ein- und ausgingen. Also packte mich der Wahn, jung und schön zu bleiben, damit mich mein Mann wieder so liebte wie früher. Nun verbrachte ich die meiste Zeit in Schönheitssalons und versuchte sämtliche Rezepte, die es gab. Ich wurde zum Versuchskaninchen. Ich musste den Mythos der Schönen aufrechterhalten, um meine Ehe zu retten."

„In der Zwischenzeit wuchs Schneewittchen heran und wurde eine Schönheit. Der Vergleich, wie Sie verstehen werden, war nicht zu vermeiden. Mein Spiegel, der bis dahin mein bester Freund war, wurde mein größter Feind. „Du bist nicht mehr die schönste Frau der Welt", sagte er herzlos, „Jetzt ist Schneewittchen schöner als du. Also räume deinen Platz für die Jugend und denk nicht mehr darüber nach". Ich wurde zur

Furie aus Eifersucht. Mein Hirn hörte auf, richtig zu arbeiten. Ich begann, zu Kartenlegerinnen und Kaffeesatzleserinnen zu rennen, um eine Lösung für mein Problem zu finden."

„Zu dem Zeitpunkt starb auch noch mein Mann. Als ob das nicht gereicht hätte, verfügte er in seinem Testament, dass sein ganzes Vermögen an die schönste Frau der Welt gehen sollte. Und von da an wusste ich nicht mehr, was ich tat. Meinen ganzen Frust ließ ich an Schneewittchen aus. Ich dachte, wenn sie aus dem Weg ist, könnte ich wieder die sein, die ich gewesen war. Ich hatte schon Verfolgungswahn, aber ich bin nicht schuld daran. Schuld daran sind die, die Idole schaffen und diese wieder herzlos zu Fall bringen. Denn genau das hat dieser Märchenschreiber gemacht. Er hat in ein Märchen zwei schöne Frauen hineingetan! Haben Sie schon einmal gehört, dass es ein Märchen gibt, in dem zwei Schönheiten vorkommen? Nein. In meinem Märchen war es das erste Mal. Was hätte der Märchenschreiber tun sollen, er geriet in Bedrängnis mit zwei Schönheiten. Deshalb machte er einfach die alte zur bösen Hexe – also mich –, und schon war er sein Problem los."

„Er zeigte keine Sensibilität den Frauen gegenüber, die in einer Lebenskrise stecken. Hysterische Alte, die mit den Jungen wetteifern. So hat uns dieser Herr dargestellt, und damit hat er uns und unsere Sorgen beiseite geräumt. Er ist der Schuldige! Ich danke Ihnen."

Als die Königin mit ihrem Vortrag fertig war, fing die Menge an zu applaudieren und zu rufen.

„Bravo, meine Schöne, denen hast du es richtig gegeben!"

„Weg mit den Jungen!"
„Ein altes Huhn macht eine gute Suppe!"
Die Königin entfernte sich aufrecht und stolz vom Podium. Anstatt aber nach links abzubiegen, um in ihre Loge zu gelangen, ging sie geradeaus weiter in die Richtung, wo Schneewittchen saß. Sie schaute sie einige Zeit an, ohne ein Wort zu sagen, dann lächelte sie und sagte laut, dass es jeder im Saal hören konnte:
„Da, wo du bist, war ich auch, und da, wo ich bin, wirst du hinkommen. Und wie ich sehe, sehr bald!"
„Das ist unmöglich!" rief jemand.
Es war der ruhigere von den beiden Greisen, der aufgestanden war und das Mikrofon an sich genommen hatte.
„Die Helden der Märchen werden weder alt noch verändern sie sich. Sie haben das Privileg unverändert zu bleiben, egal wie viele Jahre vergehen."
„Die Zeiten aber ändern sich, die Auffassung und die Leser", mischte sich Trivizas von seinem Platz aus ein.
Die Königin drehte sich in die Richtung des Greises und schaute ihn verächtlich an.
„So ist das also! Ich bin die einzige, die das Pech hatte, in einem Märchen schön zu sein und alt zu werden."
Der kleine Grimm stand auf, um das Schlimmste zu verhindern.
„Ich fürchte, Sie haben den Inhalt des Märchens völlig missverstanden, Hoheit. Nach meinen Untersuchungen werden Sie nicht hässlich in diesem Märchen. Es ist nur so, dass Schneewittchen schöner wird als Sie."

„Niedriger Untertan, ich kenne dich nicht und ich will dich auch nicht kennen lernen. Aber nachdem du das Wort ergriffen hast, antworte mir auf folgendes, wenn du kannst. Welcher Eindruck wird bei den Kindern entstehen, wenn sie lesen, dass Schneewittchens Stiefmutter sie umbringen wollte, weil sie auf ihre Schönheit eifersüchtig war? Ich kann Euch sagen. Stiefmütter, und zwar die Schönen, schrecken nicht einmal vor einem Mord aus Eifersucht zurück. Wenn das nicht abgedroschen klingt, dann sollen meine Falten plissiert liegen!"
Mit diesen Worten drehte sie ihm den Rücken zu, hob kurz ihre Schleppe an und verließ den Saal. Sie hatte sich bereits zu sehr mit denen beschäftigt, dachte sie sich. Außerdem war es Zeit für ihre Zellaufbautherapie.

Gruppen(psycho)therapie

Betretenes Schweigen folgte dem Weggang der Königin, als wäre der Zuschauerraum zu Eis erstarrt. Das ist ein gutes Zeichen, dachte sich der Wolf. Das bedeutet, dass die Teilnehmer betroffen sind von den Übertreibungen und dem Unrecht, das bei den Märchen vorherrscht. Er näherte sich mit vor Genugtuung glänzenden Augen dem Mikrofon.
„Liebe Teilnehmer, nach der ausführlichen Rede, die Ihre Hoheit der Bosheit gehalten hat, bei der sie uns zeigte, dass ältere Frauen in Märchen mit Härte behandelt werden, bitte ich die beiden Schwestern der Schönen aufs Podium. Sie wissen, die Schwägerinnen des Biestes."
Es vergingen ein paar Sekunden, aber nichts regte sich im Saal. Der Wolf ging nochmals ans Mikrofon.
„Die Schwestern der Schönen, habe ich gesagt. Sind sie hier?"
„Sie sind hier!", meldete sich eine Stimme aus dem Publikum. „Sie wollen aber nicht reden."
Die Menge drehte sich in die Richtung, aus der die Stimme kam. Die Krankenschwester der beiden Schwestern hatte sich auf ihren Stuhl gestellt und zog die Schwestern an den Armen hoch, die vor Angst zusammengekauert da saßen.

„Es sind kranke Frauen, warum quält ihr sie? Sie können sich nur mit Medikamenten aufrechterhalten", hörte man die Krankenschwester sagen.
„Aber dann ist es noch wichtiger, dass sie heraufkommen und reden", ergriff der Wolf wieder das Wort, „genau das ist es, wofür wir hier sind: Psychotherapie! Gruppenpsychotherapie! Wenn, wie ich gehört habe, Psychiater Märchen zur Therapie psychischer Probleme einsetzen, dann haben wir, die Hauptfiguren, alles Recht der Welt, sie zu unserer Therapie zu benutzen. Kommt, liebe Freundinnen, und sprecht zu uns. Wir haben hier alle die gleichen Probleme. Hier werdet ihr Verständnis und Liebe finden."
Das Publikum brach in lauten Applaus aus, als es die letzten Worte des Wolfs hörte. Etwas mutiger standen die beiden Schwestern langsam von ihrem Platz auf und machten sich Hand in Hand auf den Weg zum Podium. Das Publikum feuerte sie an.
„Wir fühlen mit euch!"
„Rettet unsere Seelen!"
Die Frauen nahmen vor dem Mikrofon Platz. Als erste ergriff die Schwester das Wort, die rechts saß und älter aussah.
„Guten Morgen, meine lieben Freunde..."
Ihre Stimme zitterte und war kaum zu hören. Sie atmete tief ein.
„Wir wollten heute eigentlich gar nicht hierher kommen. Wir glauben nicht, dass sich nach so vielen Jahren noch etwas ändern könnte. Was wir erhofft hatten, war, dass die Menschen mit den Jahren aufhören würden, sich mit uns zu beschäftigen. Vor allem dachten wir, dass der Moment

kommen würde, wo die Kinder aufhören, uns zu lesen. Schließlich haben sie so viele neue Bücher zu ihrer Verfügung, Bücher, die viel näher an ihren Interessen und Erfahrungen sind. Und trotzdem, aus unerklärlichen Gründen, lesen sie uns weiterhin."

„Die lang andauernde und außerordentliche Verbreitung unserer Geschichten hat ihren Ursprung in ihrem klassischen Charakter. Klassische Märchen werden sie genannt, meine Freunde, und genau das ist unser Niedergang. Denn was bedeutet klassisch? Es bedeutet das Vollkommene, in jeder Hinsicht. Wer wagt es etwas anzuzweifeln, das als klassisch in seiner Art gilt? Man wird ihn in der Luft zerreißen."

„Deshalb glaube ich, dass das, was heute hier passiert, vollkommen sinnlos ist. Die Meinung der Kinder wird sich nicht ändern, sie werden weiterhin das glauben, was sie schon immer geglaubt haben. Der Gute ist gut und der Böse ist böse, egal was geschieht."

„Das ist reine Utopie!", meldete sich Trivizas von unten. „Ich glaube nicht, dass sich Dinge nicht ändern lassen. Sie können, wenn es die Schreiber nur wollen."

„Mein Lieblingsschreiber hat recht", mischte sich der Wolf ein, „schaut Euch mich an. In seinem letzten Buch bin ich nicht mehr die blutrünstige Bestie, sondern ein gutmütiges Wölfchen, fast schon ein Pfadfinder."

„Ja, aber damit du ein Pfadfinderchen wirst, musste das Schweinchen ein „hinterhältiges böses Schwein" werden. Also, wo ist der Unterschied?" hörte man die Stimme des ruhigeren Greises.

„Der Unterschied, mein Herr, ist, dass in meinem Märchen am Ende alle gut werden, ohne Ausnahme."

„Das ist gut, das bringt den Kindern natürlich viel", kommentierte der nervösere Greis. „Alles Engel also! Wir haben gesagt, wir schreiben Märchen, mein Herr, aber doch nicht gleich so märchenhaft! Glauben Sie, dass die Kinder dumm sind? Glauben Sie, sie wissen nicht, dass es auch Ungeheuer auf der Welt gibt?"

Die Situation artete in einen Streit aus, und der Wolf fühlte, dass es Zeit wurde einzuschreiten.

„Bitte, meine Herren, Bit-te! Sie werden Gelegenheit zum Meinungsaustausch bekommen, sobald die Vorträge vorbei sind. Wir müssen nun weitermachen. Danach kommt noch eine Kaffeepause."

Er drehte sich zum Rednerpult, wo die Schwester der Schönen verlegen dastand:

„Sind Sie fertig, mein Fräulein?"

„Was ich zu sagen hatte, habe ich gesagt. Jetzt wird meine Schwester über ein persönliches Thema sprechen."

Die Schwester, die links saß, richtete das Mikrofon für sich ein. Sie nahm eine Beruhigungstablette in den Mund und schluckte sie mit etwas Wasser hinunter. Dann begann sie langsam zu reden.

„Mein Vater hatte drei Töchter. Ich war die Zweite, die Mittlere. Es gibt, meine Freunde, keinen unglücklicheren Platz in einer Familie, als den des Zweitgeborenen, wenn ein Dritter folgt. Der Zweite spielt keine besondere Rolle. Der erste hat den Anfang, er ist der Große, der Thronfolger, die erste Freude eines Hauses. Der letzte wiederum ist das Kleine, das verwöhnte Kind der Familie. In den Märchen spielt entweder der erste oder

der letzte eine Rolle, egal ob er eine gute oder böse Rolle hat. Und was ist der Zweite? Nichts, wie immer. Sagen Sie mir, ob es einen Märchenhelden gibt, der das mittlere Kind einer Familie ist. Ich sage Ihnen, es gibt keinen. Ist das kein Klischee? Ist das nicht Rassismus der besonderen Art?"

„Aber lassen wir das Thema des Mittleren und kommen wir zum Thema des Kleinsten. In den meisten, um nicht zu sagen in allen Märchen, ist der gute Held das jüngste Kind. Nehmen wir als Beispiel unser Märchen. Meine kleine Schwester, die Schöne, ist, außer dass sie wunderschön ist, auch noch gutherzig, mitfühlend, barmherzig, mutig, aufrichtig, bescheiden, und alles, was einem an Gutem einfallen kann. Und warum sollte sie das auch nicht sein, oder? Die ganze Liebe und Fürsorge unseres Vaters bekam sie, als die Jüngste. Unser Vater hatte nur Augen, Hände und Ohren für sie. Als er dann in Not geriet, bei wem sollte er sich Hilfe suchen? Bei ihr natürlich. Dort, wo man seine Liebe hingibt, von dort erwartet man auch, Liebe zu bekommen."

„Also musste sich die Schöne der Situation stellen. Sie musste sich opfern, um den Vater zu retten. Das sah damals das Gesetz der Märchen vor. Der Gute muss gut bleiben bis zum Schluss. Und trotzdem, wie oft im Leben geschieht genau das Gegenteil? Wie viele verwöhnte Kinder entpuppen sich als undankbar ihren Eltern gegenüber? Und andere Kinder wieder, die ein Leben lang am Rande standen, kümmern sich um die kranken und alten Eltern?"

„Und noch etwas. Warum muss der Gute auch schön sein? Was hat die äußere Schönheit mit den inneren Werten zu tun? Solange mein Schwager böse war, war er auch ein Monster, und als er gut wurde, verwandelte er sich in einen Schönling. Warum gibt es im Märchen keine hässliche Frau mit einer guten Seele? Was sollen die Kinder denken, wenn sie uns lesen? Dass ein hässliches Gesicht auch einen schlechten Charakter bedeutet? Wenn also unsere kleinen Leser nicht mit Kindern spielen wollen,

die blind, taub, behindert oder hässlich sind, wer ist daran schuld? Wie können die Verursacher dieser Situation es ihnen erklären? Das im Märchen andere Regeln gelten als im wahren Leben?"
„All diese Fragen, meine Freunde, verfolgen meine Schwester und mich schon seit Jahren. Wir konnten bisher keine Antwort darauf finden. Wenn wir die Antwort durch diesen Kongress erhalten, dann gibt es auch für uns wieder etwas Hoffnung. Ich danke Ihnen, dass Sie mir zugehört haben."
Die Zurufe überdeckten die letzten Worte der Rednerin. Das Publikum applaudierte stehend:
„Auch die Bösen haben eine Seele!"
„Nieder mit den Schönen!"
Der Wolf eilte zum Mikrofon, um die Menge zu beruhigen. Er rief sie einige Male zur Ordnung, aber die Teilnehmer nahmen keine Notiz von ihm. Am Ende, als er merkte, dass er nichts ausrichten konnte, rief er:
„Zwanzig Minuten Pause für Kaffee und Erfrischungen!"
Sofort standen die Teilnehmer auf und drängten sich in Richtung Tür, die in den Raum mit den Erfrischungen führte. Nachdem sie sich durchgedrängt, sich gegenseitig auf die Füße getreten und sich wüst beschimpft hatten, stellten sie sich in einer langen Reihe vor dem Tresen auf. Der Bär mit seiner weißen Schürze um seinen dicken Bauch und die Drei Schweinchen mit schwarzen Fliegen am Hals, konnten sich vor Bestellungen nicht retten. Die Ansprüche der Kongressteilnehmer gingen über jede Grenze des guten Geschmackes hinaus.
„Einen Saft von Süßzucchini", wollte Aschenputtel.

„Sieben Himbeersäfte und ein Apfeleis", wollte Schneewittchen für sich und die Zwerge.

„Drei Teller Süßkartoffelgelee", wollte Aschenputtels Stiefmutter. Als man ihr sagte, dass es zu dieser Jahreszeit keine Süßkartoffeln gäbe, fing sie an, die Veranstalter mit bösen Bezeichnungen zu beschimpfen.

„Ein Glas Kristallwasser und eine Schüssel mit Kichererbsen", verlangte Trivizas.

Die Gebrüder Grimm wiederum wollten eisgekühltes Bier für sich und Tee mit Gebäck für die beiden Greise. In jedem Fall herrschte das totale Chaos vor dem Tresen, und die Gäste schubsten sich gegenseitig rücksichtslos hin und her.

Der dicke Bär und die Drei Schweinchen versuchten unermüdlich, allen Wünschen zu entsprechen. Als aber kurz darauf der Butler von Wilde an der Bar erschien und die Bestellung seines Herrn aufgab: „Eine frische Kamelie und die Londoner Times", rissen sich die Armen die Schürze und die Fliegen vom Leib und warfen maulend alles hin.

„Zum Teufel mit euch. Wir lassen uns von euch doch nicht verrückt machen!"

Von da an geriet die Situation außer Kontrolle. Einige schrien, sie wären noch nicht bedient worden, und andere wieder legten sich mit dem Wolf an, weil er nicht für die Erfüllung ihrer Wünsche sorgte.

Der Wolf, der gar nicht anwesend war, weil er Zimmer für Rumpelstilzchen und die Hexe mit dem Grill zu organisieren versuchte, fiel aus allen Wolken, als er das Chaos erblickte. Plötzlich bekam er es mit der Angst zu tun, dass seine Gäste außer Kontrolle geraten und sich all seine Bemühungen in Luft auflösen würden. Es wäre besser, sie frühzeitig wieder im Kongresssaal zu versammeln, dachte er sich, um die Vorträge abzuschließen, und alle wieder ihres Weges gehen. Was ihn selbst anging, so hatte er entschieden, sich nach Beendigung des Kongresses sich auf eine lange Erholungsreise zu begeben, um von dem Stress und den Strapazen der letzten Monate zu erholen. Er würde bis auf die Galapagos Inseln fahren, nur um etwas Ruhe zu finden.

„Meine Damen und Herren, ich bitte Sie wieder im Kongresssaal Platz zu nehmen, damit wir mit unserer Arbeit fortfahren können."

Keiner nahm Notiz von ihm. Sie tranken weiter ihren Tee und aßen Kekse, während sie die passenden Bosheiten austauschten. Mit viel Mühe brachte er sie endlich wieder in den Saal und auf ihre Stühle zurück. Er selbst stellte sich wieder vor das Mikrofon.

„Liebe Freunde, nach der Pause, während der Sie ausgewählte Getränke und Kuchen genießen konnten, die uns die böse Hexe von ihrem Knusperhäuschen zur Verfügung gestellt hat, Sie wissen schon, das, in dem Hänsel und Gretel bewirtet wurden, wollen wir mit unseren Vorträgen weitermachen. Soeben ist der ungewöhnlich kleine Zwerg Rumpelstilzchen eingetroffen, und ich bitte ihn auf das Podium, um seinen Vortrag zum Thema „Der Fluch der Andersartigkeit" zu hören."

Der Zwerg auf dem Zenit seines Daseins

Der Zwerg tauchte vorne im Saal auf und ging in Richtung Podium. Dort angekommen, machte er mehrere Versuche auf das Podium zu gelangen. Vergeblich. Die Stufen waren dreimal so hoch wie seine Beine. Am Ende kamen zwei Zuhörer, die ihn auf das Podium hinauf hoben. Er stellte sich auf einen Stuhl, um ans Mikrofon zu gelangen, und begann zu sprechen. „Meine Damen und Herren. Als erstes möchte ich mich beim bösen Wolf bedanken, der mir die Ehre erwiesen hat, mich zu diesem Kongress einzuladen. Es ist das erste mal, dass ich eingeladen werde, eine behinderte Hauptfigur. Allerdings muss ich bemerken, dass er nicht dafür gesorgt hat, die nötigen Einrichtungen für Helden wie mich bereitzustellen. Ich habe nirgends eine Rampe gesehen, und überall sind ungemein hohe Stufen. Alle Schalter in den Zimmern sind zu hoch angebracht, und zwar dreimal so hoch wie ich selbst. Aber ich will mich nicht beklagen, ich habe in Märchen weitaus Schlimmeres erlebt."
„Wie Sie sehen können, meine Freunde, bin ich ein Zwerg, also ein kleiner Mensch und anders als die anderen Helden. Dieser körperliche Zustand hat mich gezeichnet. Auf dieser nicht vorhandenen Größe hat sich ein Klischee etabliert, das besagt, dass jeder, der anders ist, auch böse ist. Ich

glaube, dass diese Ansicht die schlimmste Art von Rassismus darstellt, wenn man bedenkt, dass wir uns alle in irgendeiner Form unterscheiden. Wir haben unterschiedliche Hautfarben, unterschiedliche Gesichtszüge, Sprache, Herkunft..."

„Wir, die Andersartigen, haben in den Märchen sehr unsympathische Rollen. Ich erinnere Sie an den Riesen im Märchen „Hans und die Bohnenstange". Was war er? Ein Ungeheuer war er."

„Ja, aber mein Riese hat sich am Ende des Märchens als gut entpuppt, auch wenn er am Anfang so hartherzig war!", meldete sich aus dem Zuschauerraum der englische Schriftsteller.

„Sehr erfreut, Herr Wilde, ich kenne Ihr Märchen. Es ist in jedem Fall besser als die anderen. Damit der Riese gut wird, musste allerdings viel Zeit vergehen, um nicht zu sagen, dass der Berg zum Propheten kommen musste. Ich will aber hier keine Zeit durch Meinungsverschiedenheiten verschwenden. Ich habe meinen eigenen Schreiber, den ich kritisieren will."

„Sagen Sie mir bitte, meine lieben Freunde, was mein Verbrechen war im Märchen mit der Tochter des Müllers? Hatte ich nicht eine Vereinbarung getroffen, die ich auch ausgeführt habe? Ich hatte versprochen das Heu in Gold zu verwandeln und habe das auch getan. Hatte andererseits die königliche Gattin nicht von mir verlangt, dass ich zum Falschmünzer werde, damit sie ihre Krone nicht verliert, und hatte sie mir dafür nicht versprochen, mir ihr erstes Kind zu schenken? Und er, der Supervater, hatte er den König nicht angelogen, damit er ihn zum Schwiegersohn machte? War ich der Grund, warum all dies geschah? Nein, natürlich

nicht! Und doch, wurde ich zum Sündenbock des Märchens gemacht. Warum? Weil ich ein Zwerg bin, nur deshalb!"
An dieser Stelle brach Rumpelstilzchens Stimme. Er wäre mit Sicherheit in Tränen ausgebrochen, wäre das Publikum nicht aufgestanden, um ihm Beifall zu klatschen und ihn anzufeuern.
„Auch die Kleinen sind Gute!"
„Genosse Zwerg, wir fühlen mit dir!"

In dem Moment kam eine Stimme aus sieben Mündern in den vorderen Reihen.

„Wir protestieren! Einspruch! Wolf, wir verlangen das Wort, hier drinnen wird die Wahrheit verdreht!"

Die Sieben Zwerge waren von ihren Sitzen aufgesprungen und bewegten sich bereits in Richtung Rednerpult. Da nahm der Wolf das Mikrofon und sagte:

„Ich übergebe das Wort an die Sieben Zwerge."

Der eine Zwerg nahm aufgebracht das Mikrofon und sagte voller Wut:

„Wir als Zwerge distanzieren uns von der Meinung unseres Zwergenkollegen. Wir waren einwandfreie Zwerge im bekannten Märchen. Arbeitsam, barmherzig, großzügig und gastfreundlich. Der Kollege soll widerrufen, sonst zeigen wir ihn wegen übler Nachrede an!"

Der Wolf riss ihm knurrend das Mikrofon aus der Hand und meinte, dass das gar nicht zum Thema gehöre und dass es falsch war ihnen das Wort zu erteilen. Dann gab er es wieder an Rumpelstilzchen. Der lächelte und nickte mit dem Kopf.

„Und trotzdem, Zwergenkollegen, wenn ihr darüber nachdenkt, auch eure Situation in dem Märchen war nicht besonders. Wer seid ihr überhaupt? Von wo kommt ihr überhaupt? Ihr habt weder Familie noch Verwandte. Ihr arbeitet den ganzen Tag unter der Erde, und ihr seid nicht mal reich. Was eure Barmherzigkeit angeht, darüber sollten wir mal reden. Ihr habt Schneewittchen beherbergt, ja. Aber doch nicht umsonst, wenn ich mich nicht täusche. Ihr hattet sie als Dienstmädchen und gabt ihr dafür einen Teller Essen! Wollt ihr, dass ich sage, dass ihr eine positive

Erscheinung im Märchen gewesen seid? Okay, das stimmt. Vergesst aber nicht, dass man sieben von euch gebraucht hat, um eine, ich wiederhole, eine positive Erscheinung zu schaffen!"

Nach dieser Antwort in Richtung Sieben Zwerge, wandte sich Rumpelstilzchen dem Publikum zu, welches ihm applaudierte.

„Liebe Freunde, es ist eine unwiderrufliche Tatsache, dass seit vielen, vielen Jahren und bis zum heutigen Tag derjenige, welcher anders aussieht als die breite Masse, mit Argwohn betrachtet wird. Es gab Zeiten, da verbrannte man rothaarige Frauen als Hexen. Zu meiner Zeit waren Zwerge und Riesen böse Monster der Märchen. Auch heute noch ertragen wir die schlimmsten Erniedrigungen. Hier noch ein Beispiel: Sobald ein unnützer, gefährlicher und vor nichts zurückschreckender Politiker irgendwo auftaucht, wie nennt man den? Politikzwerg! Gibt es eine größere Beleidigung? Die Antwort liegt bei Ihnen, ich habe dem nichts mehr hinzuzufügen.

Ich danke Ihnen für Ihr Verständnis..."

Märchenschreiber – Folterknechte

Der Zwerg schwang sich mit einem Satz vom Podium und ging aufrecht zu seinem Platz. In diesem Moment fühlte er sich vollkommen im Recht. Er war auf dem Höhepunkt seines Lebens, weit über sich hinaus gewachsen! Aber auch der begeisterte Beifall des Publikums hatte einen neuen Höhepunkt erreicht. Der Vortrag des Zwerges hatte großen Eindruck gemacht. Eine Tatsache, die sich der Wolf zu Nutze machen wollte. Er nahm das Mikrofon und bat um Ruhe.

„Liebe Gäste, nach dieser analytischen Berichterstattung ist nun auch der misstrauischste Zuhörer überzeugt. An dieser Stelle nun, wenn niemand etwas dagegen hat, können wir zur Abstimmung übergehen. Ich schlage vor, gemeinsam eine Erklärung zu unterschreiben, in der wir die Schriftsteller verurteilen, die sowohl in der Vergangenheit, aber auch in Zukunft, rassistische Klischees in Kindermärchen benutzen. Sind Sie damit einverstanden?"

„Natürlich nicht!"

„Ganz bestimmt nicht!"

Die beiden Greise in der ersten Zuschauerreihe hatten sich gleichzeitig erhoben und bewegten sich in Richtung Podium. Hinter ihnen die

Gebrüder Grimm, die sie zu beruhigen versuchten. Der Wolf konnte mit Mühe ein Grollen unterdrücken, das ihm schon die Kehle hoch kam. Also wirklich, die Alten gingen entschieden zu weit. Außerdem, was ging es sie an?

„Was ist los meine Herren, haben sie gegen irgendeinen Punkt etwas einzuwenden?"

„Selbstverständlich haben wir, und nicht nur in einem Punkt, eine Menge Einwände! Es ist unvorstellbar, eine solche Erklärung zu unterschreiben", meinte der ruhigere der beiden alten Herren. „Sie haben nicht das Recht, die Schriftsteller zu verurteilen. Das hat es bisher noch nie gegeben, und durch eine Erklärung schon gleich gar nicht."

„Jetzt will das Ei schon klüger als die Henne sein! Tue einen Wolf in ein Märchen und er wird es dir vermiesen", schrie, inzwischen näher gekommen, der aufgebrachte Greis.

Im Saal wurde es unruhig. Einige schrien „Ruhe", und andere begannen mit Pfeilen herum zu schießen. Ein weiteres mal musste der Wolf fürchten, dass der Kongress aus den Fugen geriet. Er entschied sich, zuerst einmal die Tattergreise auf ihre Plätze zu verweisen: „Ich bitte Sie, meine Herren, nun ist es genug! Sie haben nicht das Recht zu sprechen. Es kann sein, dass Sie große Professoren sind, aber hier haben Sie nicht einzugreifen. Das geht Sie hier nichts an, haben Sie verstanden?"

„Was erzählst du da, du dummer Wolf, dass es uns nichts angeht? Wenn ich nicht gewesen wäre, würdest du heute nicht von diesem Podium sprechen. Weißt du, wer ich bin? Ich bin Perrault! Und das hier ist Andersen! Verstehst du nun, weshalb uns das hier etwas angeht?"

Was nach dieser Enthüllung im Saal passierte, war unbeschreiblich. Der Raum verwandelte sich in eine Arena. Die Menge der Bösen stand auf und begann Parolen zu brüllen.

„Märchenschreiber – Folterknechte!"

„Wenn dich der Böse nicht mag, kannst du mit deinem Märchen einpacken!"

„Hier wird die Wahrheit über die Märchen ans Licht kommen!"

„Auch die Bösen haben eine Seele!"

Man hätte sie hinaus getragen, hätten sich die Gebrüder Grimm nicht dazwischen gestellt. Vor allem der große, der gerade noch das Mikrofon an sich reißen konnte.

„Meine Herrschaften, meine Herrschaften, bitte hören Sie mir zu! Wir sind doch kultivierte Wesen, denke ich. Wir müssen uns nun beruhigen und mit der Veranstaltung fortfahren. Wir übernehmen die Verantwortung für das, was geschehen ist, weil wir die beiden Schriftsteller zu diesem Kongress mitgenommen haben. Wir hielten es aber für selbstverständlich, dass auch sie ein Recht darauf haben, hier zu sprechen und das, was sie geschrieben haben, zu rechtfertigen. Lassen Sie sie sprechen und urteilen Sie danach. Ich schlage vor, wir setzen uns alle an einen runden Tisch, mit allen, Helden und Schriftstellern. Dann können wir uns alle Meinungen anhören und am Ende entscheiden."

Ein runder Tisch, um sich gegenseitig zu zerfleischen

Als der Wolf Grimms Vorschlag hörte, wollte er ihn sofort ablehnen, weil dieser Kongress keinen runden Tisch vorsah. Vor allem nicht mit der Anwesenheit von Schriftstellern, bei denen es sich um Provokateure handelte. Dann aber sah er den Lehrer aufstehen, der die Schulklasse begleitete.

„Ich bin mit Herrn Grimms Vorschlag einverstanden!", rief er in die Menge. „Hier sehen uns kleine Kinder zu, was sollen sie für eine Meinung über uns bekommen? Und was ist unsere Aufgabe als Lehrer? Ich persönlich arbeite seit fünfzehn Jahren an einer Arbeit zum Thema „Der pädagogische Sinn von Märchen" und kann diese nicht zu Ende bringen. Und wissen Sie, warum? Weil sich die Wissenschaftler nicht einigen können. Die Hälfte behauptet, Märchen seien für die Kinder gut, und die andere Hälfte behauptet das Gegenteil. Ich laufe Gefahr den Titel des „Ewigen Lehramtanwärters" zu bekommen! Lassen Sie uns diese Geschichte endlich zu Ende bringen. Sind alle diese Märchen sinnvoll oder sind sie es nicht?"

Der Einwand des Lehrers sorgte für große Nachdenklichkeit. Keiner wollte den Kindern den Eindruck vermitteln, sie wollten keinen Dialog. Der Wolf machte sich die Gelegenheit zu Nutze und nahm mal wieder das Mikrofon.
„Ich schlage vor, wir berufen einen runden Tisch ein, an dem auch die Schriftsteller teilnehmen, unter der Leitung der Hexe aus dem Märchen „Hänsel und Gretel". Die Sitzung soll drei Minuten dauern. Sind Sie damit einverstanden?"
„Ja!" meinten alle.
Sofort standen die Schriftsteller auf und nahmen an einem Tisch Platz, der ganz schnell auf das Podium gestellt wurde.
Zuerst ergriff die böse Hexe das Wort.
„Liebe Freunde, ich bin die Heldin des bösesten Märchens. Ich habe hungrige Kinder mit Süßigkeiten in mein Haus gelockt, und als ich sie wie Gänse gemästet hatte, wollte ich sie braten und essen. Was für ein Kannibalismus, um Himmels Willen!"
„Aber ich werde mich beim Unrecht, das mir angetan wurde, nicht aufhalten. Über den Rassismus gegen uns haben wir in den vorher gehaltenen Vorträgen gehört. Ich will die Herren Schriftsteller etwas anderes fragen: Gibt es meine Herren, etwas Härteres, Schlimmeres, als das, was die Eltern der Kinder getan haben? Sie haben ihre Kinder im Wald ausgesetzt, um sie loszuwerden. Und sagen Sie mir jetzt nicht, dass sie arm waren und so, weil das kann in den Augen der Kinder die Härte dieser Tat nicht rechtfertigen. Als die Kinder dann später, voll gepackt mit dem Gold, das sie in meinem Haus mitgenommen hatten, wieder

zurückkamen, waren die Eltern voller Freude und Glück. Sie haben nicht einmal gefragt, wo sie das viele Geld her hatten. Hauptsache, sie haben es nach Hause gebracht! Was haben sie denn dazu zu sagen? Diese Frage, meine Herrschaften, richte ich an alle!

Als erstes wollte Perrault antworten. Diesmal allerdings etwas zögerlich.

„Meine Damen und Herren, erst einmal möchte ich zwei Dinge, die sehr wichtig sind, klarstellen. Das erste ist, dass die Märchen nicht bei Null entstanden sind. Lange bevor ich sie aufschrieb, gab es die entsprechenden Sagen und Überlieferungen. Noch mehr aber gab es tatsächliche Lebenssituationen. Eltern, die aus Armut ihre Kinder verließen, gab es viele. Zu der Zeit war die Härte des Lebens weitaus größer als die in den Märchen. Ich würde aber sagen, dass es auch in der heutigen Zeit Härte gibt, allerdings in anderer Form. Die alten Märchen mit neuzeitlichen Kriterien aufzubessern wäre naiv, weil, wie wir alle wissen, der tatsächliche Sinn einer Schrift immer mit seiner Zeit verbunden bleibt. Man kann nicht ein Buch lesen, das im vorigen Jahrhundert geschrieben wurde und erwarten, das zu finden was jetzt aktuell ist. Woher sollen die Schreiber denn wissen, was die Menschen in hundert oder zweihundert Jahren denken oder glauben?"

„Das zweite und noch wichtigere Thema ist, dass ich, als ich diese Geschichten niederschrieb, gar nicht wusste, dass sie von Kindern gelesen werden. Ich schrieb die Geschichten, damit sie von den Damen der Gesellschaft gelesen werden würden. Nehmen wir als Beispiel Rotkäppchen. Was wollte ich damit sagen? Wenn die Damen nicht aufpassen, würde ein Maulheld auftauchen, der sie verschlingen, also verführen und entehren wird. Dann kamen diese beiden Herren!" und zeigte auf die Gebrüder Grimm, „und nahmen hier was weg und fügten da was dazu, und fertig war ein Kindermärchen. Ich klage sie nicht an, weil es Ihnen zu verdanken ist, dass Millionen von Kindern meine Geschichten gelesen haben. Es ist aber unrecht, wenn Sie mich anklagen."

An dieser Stelle meldete sich der ältere Grimm zu Wort. Seine Stimme klang diesmal wütend.

„Meine Damen und Herren, ich habe hier nicht vor, mich für unser Werk, das wir vollbracht haben, zu entschuldigen. Was haben wir getan? Wir haben eine alte und wertvolle Tradition vor dem Untergang bewahrt. Ja, wir haben ein paar Änderungen in den Geschichten vorgenommen, die wir gelesen und gehört haben. Na und? Vielleicht ist es diesen Änderungen zu verdanken, dass sie solange überlebt haben, wie bereits eine Rednerin erwähnt hat. Ich erkenne an, dass es Grausamkeiten in den Märchen gibt. Was uns allerdings angeht, wir haben versucht, sie zu beschönigen, ohne den Verfasser zu verraten."

„Ja, aber die Bösen haben Sie beibehalten!" meinte ein aufgebrachter Zuhörer, der auch noch andere mit sich riss, so dass alle gemeinsam Grimm zuriefen:

„Setz dich! Setz dich!"

Der Wolf versuchte ein weiteres mal für Ruhe zu sorgen. Dann wandte er sich an Grimm.

„Bitte führen Sie zu Ende, was sie noch sagen wollten."

Grimm nahm wieder das Mikrofon und fuhr etwas ruhiger fort.

„Wir, meine Lieben, glauben, dass die Kinder es sind, die es schwer haben im Leben, und deshalb ist es wichtig, ihre Phantasie zu schulen, ihren Ängsten ein Gesicht zu geben. Diesen Ausweg bieten ihnen die Märchen. Wenn Sie die Schreiber verurteilen, verurteilen Sie die Kinder und auch sich selbst. Denken Sie darüber nach. Ich danke Ihnen."

Grimm kehrte zu seinem Platz zurück, und im Saal verbreitete sich ungewöhnliche Ruhe. Die Hexe gab Oscar Wilde ein Zeichen zu sprechen. Der englische Schriftsteller nahm seine Zigarre aus dem Mund und hielt sie zwischen den Fingern. Dann wandte er sich an Perrault.

„Ich hörte Sie sagen, Verehrtester, dass für die Geschichten nicht Sie verantwortlich sind, sondern die alten Überlieferungen, die Sagen und die Lebensumstände. Lassen Sie mich erwähnen, dass es außer dem, was Sie überliefert haben, nichts gibt. Sie sind für Ihre Schriften verantwortlich, und kein Umstand entlässt Sie aus der Verantwortung."

„Wenn es nichts anderes gibt, als die Schrift, warum dann die ganze Diskussion über das, was davor in der Geschichte eines jeden Märchens geschehen war. Wir müssen hier Verantwortung übernehmen für das, was wir geschrieben haben, und nicht für das, was wir nicht geschrieben haben", schleuderte er wütend Perrault entgegen.

„Gar nicht schön, meine Herren", fuhr der Engländer fort und drehte sich zum Publikum, „letztendlich finde ich diese Diskussion lächerlich. Ich, wie Sie sehr wohl wissen, verabscheue jegliche Form von Brutalität, vor allem aber die Härte der Kritik. Wie ein Kollege richtig gesagt hat, dessen Name mir gerade nicht einfällt, Kritik endet immer in mehr oder minder großen Missverständnissen. Sie sollen nicht denken, ich wäre aus

Solidarität auf Ihrer Seite. Ich vertrete die Meinung, dass Schriften über alle Maßen das Recht auf freie Meinungsäußerung besitzen, und zwar über jede Interpretationsgrenze hinaus. Es kann nicht angehen, dass ein x-beliebiger Kritiker, selbsternannt oder nicht, die Märchen jedes Mal zerpflückt!"

Wilde setzte sich wieder an seinen Platz und steckte die angerauchte Zigarre zurück in seinen Mund. Dann drehte er sich zu Trivizas, und während er die linke Augenbraue hochzog, flüsterte er ihm etwas zu.

„Bei allem was mir heilig ist, ich hätte Besseres zu tun gehabt an diesen drei Tagen!"

Dann bekam Andersen das Wort. Nachdem er sich erst über das Gefasel der Kongressteilnehmer ausließ, schloss er: „ Was Sie angeht, die so genannten Bösen, die Sie gegen Ihre Erfinder brüllen, machen Sie sich bereit für die Arbeitslosigkeit, nachdem kein Schriftsteller in Zukunft den Fehler machen wird, sich mit Ihnen zu beschäftigen!"

Im Saal war wieder leichtes Raunen zu hören, während aus der Galerie Pfiffe kamen und Gegenstände durch die Luft flogen. Trivizas, der auf Ruhe wartete um zu sprechen, fing an nervös zu werden. Am Ende beruhigten sich die Zuhörer, und er konnte endlich zu seinem Vortrag kommen.

„Meine Herrschaften, Kollegen, ich bin sehr glücklich, dass ich an diesem Kongress teilnehmen durfte. Beide Seiten haben uns ihre Ansichten mit sehr ausführlichen Vorträgen dargestellt. Ich habe zu unserem konkreten

Problem einen Vorschlag zur Güte zu machen. Die Märchen müssen neu geschrieben werden! Meine Erfahrungen mit den „Drei kleinen Wölfen" haben mir gezeigt, dass die Kinder die moderne Ausgabe von alten Märchen lieben. Ich will hier nicht angeben, aber ich kann Ihnen versichern, mein Buch wurde zum Bestseller! Auch hatte ich tausende von Besuchern auf meiner Website, und alles Zuspruch. Die verehrten Kollegen sollten ihre Märchen nochmals schreiben, und zwar ohne die alten Klischees der Bösen."

Die Zukunft der Menschheit

Trivizas schloss seinen Vortrag mit regem Applaus und Jubel. Die Menge der Bösen, ganz außer sich vor Freude, schrie: „Die Menschheit will sie nicht, schreibt sie neu!"
Der Wolf packte die Gelegenheit beim Schopf sich wichtig zu machen, nahm das Mikrofon und bat um Ruhe.
„Kolleginnen! Kollegen! Ruhe bitte! Ich bitte um Abstimmung! Es sollen bitte diejenigen die Hand heben, die die Märchen neu geschrieben haben wollen!"
Ein Wald von Händen erhob sich im nächsten Augenblick.
„Jetzt sollen bitte diejenigen die Hand heben, die nicht möchten, dass die Märchen neu geschrieben werden!"
Die Hände, die sich hoben, erinnerten an eine kaum besuchte Demonstration. Der Vorschlag wurde von den Schriftstellern, außer von Trivizas, den beiden Grimms und den „Guten" der Märchen, abgelehnt. Der Wolf nahm wieder das Wort.
„Nach dieser überwältigenden Mehrheit für den Vorschlag, sind die Schriftsteller gezwungen, die Märchen neu zu schreiben, und zwar ohne „Böse"!"

Der Applaus der folgte, war unbeschreiblich. Der eine „Böse" fiel dem anderen in die Arme und sie weinten Tränen der Freude. Plötzlich wurde es still im Saal, und von den vorderen Reihen hörte man ein Kind herzzerreißend weinen. Sofort wurde es ganz still. Das Mädchen weinte

unaufhörlich. Zwischen dem Schluchzen stammelte sie Unzusammenhängendes.
„Nein, ich will nicht... das ist Quatsch... ich werde sie alle zerreißen... bääähhh..."
Der Wolf näherte sich beunruhigt dem Mädchen.
„Was ist los meine Süße, warum weinst du?"
Das Mädchen blickte ihn mit verheulten Augen an.
„Ich will nicht dass ihr meine Määäärchen kaputt macht!"
„Aber wir machen sie doch nicht kaputt, meine Kleine, ganz im Gegenteil, wir machen sie noch besser. Es wird dann keine Bösen mehr geben, die dir Angst machen. Du wirst Rotkäppchen lesen, ohne Angst vor dem bösen Wolf zu haben."
„Aber mir gefällt er doch! Der Wolf macht das Märchen doch so schön, denn wenn der Wolf nicht wäre, was wäre dann Rotkäppchen, oder? Sie wäre ein dummes Mädchen, das nicht auf seine Mama gehört hat. Ich mag so ein Märchen gar nicht, bääähhh!"
Der Wolf riss überrascht das Maul auf. Das soll die Zukunft der Menschheit sein? War das kleine Mädchen vielleicht nicht ganz bei Sinnen? Er drehte sich zu den anderen Kindern um, die ebenfalls zu weinen begonnen hatten.
„Jetzt aber mal langsam Kinder, wollt ihr uns in den Wahnsinn treiben? Wollt ihr denn wirklich, dass es zum Beispiel in einem Märchen eine Hexe gibt, die Kinder brät?"
„Ja!" „Ja!"
„Ja, ja, ja!"

Der Wolf wischte sich den Schweiß ab, der sich auf seiner Stirn gebildet hatte und drehte sich hilfesuchend nach links und nach rechts. Alle saßen fassungslos da.

„Einen Augenblick, ihr müsst mir etwas erklären", sagte er. „Warum wollt ihr, dass es eine Hexe gibt?"

„Damit sie die Kinder in den Ofen tut, um in aller Ruhe die Süßigkeiten zu essen! Wir wollen die Hexe! Wir wollen die Hexe!"

Das gab dem Wolf den Rest. Er ließ sich auf einen Stuhl fallen und verlangte nach einem Glas Wasser und einem Eisbeutel für seinen Kopf.

„Ich glaube es nicht, ich glaube es nicht, ich glaube es nicht", sagte er dauernd.

In der Zwischenzeit hatten die Kinder zu erzählen begonnen, wie sehr sie die Märchen liebten, und dass es furchtbar wäre, sie zu verändern. Sie würden aufhören welche zu kaufen, und würden nur noch Schauermärchen lesen. In diesem Durcheinander meldete sich der Lehrer zu Wort. Der Wolf warf ihm einen Blick zu, der sagen sollte: „Du hast mir gerade noch gefehlt..." Trotzdem gab er ihm das Zeichen zu sprechen.

„Meine bösen Herren der Märchen, es ist offensichtlich, dass die Kinder sie aus unerfindlichen Gründen gern haben. Ich würde sogar soweit gehen zu sagen, dass sie Sie in den Märchen lieber haben, als die so genannten „Guten". Anstatt also die Schriftsteller der ideologischen Treulosigkeit zu bezichtigen, denken Sie lieber darüber nach, dass die Lieblingsmärchen der Kinder Sie beide sind! Sie alle sind die unersetzlichen Hauptdarsteller! Sie sind die Märchen! Deshalb hören Sie endlich auf, Änderungen zu verlangen, weil das einzige, das Sie damit erreichen können, die Selbstzerstörung ist. Was geschrieben wurde, wurde geschrieben. Die Schriftsteller sollten von nun an aufpassen, was sie schreiben. Wenn Sie den Unfug verfolgt haben, der in letzter Zeit geschrieben wurde, dann würden Sie sich tatsächlich das Fell raufen!"

Für ein paar Sekunden blieb der Saal still. Dann gab jemand aus dem Saal das Zeichen für Jubel und Beifallsstürme.

„Bravo!"

Der Wolf drehte seinen Kopf in die Richtung und was sah er? Gute und Böse hatten sich umarmt, Schriftsteller küssten sich mit Hexen, Stiefmütter, die ihre Stieftöchter in die Arme nahmen, und vieles mehr, was sich nur das Gehirn eines großen Märchenerzählers vorstellen konnte.

Der Lehrer stieg vom Podium und ging zurück zu den Kindern. Er versammelte sie um sich herum, trocknete ihre Tränen, streichelte ihre Köpfe und sagte ihnen; „So, liebe Kinder, und wenn sie nicht gestorben sind, dann leben sie noch heute!"

Dann gingen sie gemeinsam aus dem Saal, stiegen in ihren Schulbus, der auf sie wartete, und fuhren zurück zur Schule.

Wie ein Märchen mit schönem Ende

Es wurde ein herrlicher Frühlingsmorgen. Die Sonne ging hinter dem kleinen Hügel auf und überflutete die grünen Birken, die am geschlängelten Pfad standen, mit wunderschönem Licht. Ein paar Sonnenstrahlen rutschten in die kleine Kammer des Wolfs und liebkosten ganz leicht seinen mitgenommenen Rücken. Der Wolf streckte und reckte sich faul und sein großes Maul öffnete sich zu einem genussvollen Gähnen.

„Aaahhh!"

Dann kamen ihm plötzlich die Ereignisse des Vortages in den Sinn. Es war kein Traum, es war tatsächlich geschehen. Für einen Moment dachte er, er hätte geträumt. Es stimmte, dass sich am Abend zuvor alle Hauptfiguren der Märchen sowohl unter sich als auch mit den Schriftstellern ausgesöhnt hatten!

Er schloss die Augen und dachte an das gestrige Abendessen zurück. Wie liebevoll das war! Der eine verwöhnte den anderen mit Fürsorge, überall

Liebenswürdigkeiten und Komplimente! Als für die Guten die Zeit kam, sich zu verabschieden, nachdem keine Zimmer mehr vorhanden waren, um hier zu übernachten, hatte Aschenputtels Stiefmutter die Idee:
„Wir werden euch in unseren Zimmern aufnehmen! Jeder Böse soll seinen Guten bei sich aufnehmen, und morgen früh brechen wir alle gemeinsam auf!"
Der Vorschlag wurde begeistert aufgenommen. Es bildeten sich sofort Gruppen, die gemeinsam übernachten wollten. Rumpelstilzchen schlug den anderen Zwergen und auch allen Tieren vor, im Garten um das große Feuer herum zu übernachten, das er angezündet hatte. Alle nahmen den Vorschlag freudig an. Die Hexen wiederum entschieden sich, gemeinsam zu schlafen, weil sie, wie sie sagten, ein paar interessante Ideen besprechen wollten.
Er selbst schaute und hörte begeistert dem zu, was geschah. Dieser Kongress könnte ein Märchen mit schönem Ende sein, dachte er. Und all das war ihm zu verdanken! Sie hörten nicht auf, es ihm immer und immer wieder zu sagen.
Sie waren einer nach dem anderen zu ihm gekommen, um ihm zu gratulieren. Bescheiden bedankte er sich bei ihnen. In diesen Momenten fühlte er sich stolz und stark. Nur für einen Moment fühlte er, wie seine Knie weich wurden und seine Zunge sich verknotete. Das war, als sich ihm Rotkäppchen mit einem süßen Lächeln näherte und sagte:
„Ich bin sehr stolz darauf, dass ich mit dir im gleichen Märchen war. Du bist ein süßer Wolf!"
Sie trug wieder dieses rote Kostüm, das seine Träume verfolgte, seitdem er sie im Wald getroffen hatte. Jedes Mal, wenn er rote Farbe erblickte,

und wenn es nur das rote Männchen an der Ampel war, fühlte er, wie ihm das Wasser im Mund zusammenlief. Er fühlte sich schon fast wie Pavlofs Hund. Und das als Wolf!
Während er ihr zuhörte, erfasste ihn eine Welle der Rührung, die er aber nicht zeigen konnte, weil er sah, dass sich die Großmutter ihnen näherte. Der Abend wurde lang, mit Musik und Tanz, und als es Zeit wurde ins Bett zu gehen, hatten alle ein glückliches Lächeln im Gesicht. Der Wolf erwachte aus seinen Träumen und blickte auf seine Uhr. Es war schon zehn Uhr! Er stand auf und begann sich eilig anzuziehen. Seine Gäste waren bestimmt schon längst in den Speisesaal gestürmt wie hungrige Wölfe. Was sie die Tage alles gegessen hatten! Zwischendurch dachte er sich, sie wären nur wegen des Essens gekommen und nicht wegen des Kongresses. Sollte er wieder einen Kongress veranstalten – was ihm im Augenblick sehr unwahrscheinlich vorkam – dann würde er auf die Einladung schreiben, dass es Essen a la Carte gäbe, und wer nicht hungrig bleiben wolle, selbst bezahlen müsse.

Zwei Minuten später war er im Speisesaal. An einem großen Tisch saßen bereits Rumpelstilzchen mit den sieben Zwergen, den Bären, den Hasen, dem gestiefelten Kater und allen anderen Tieren, die im Garten übernachtet hatten. Sie tranken Kräutertee und aßen dazu kleine in Honig getauchte Plätzchen. Er näherte sich ihnen, um sie zu begrüßen.
„Guten Morgen, meine Freunde. Wie war denn die gestrige Erfahrung im Freien? Ich hoffe Sie haben nicht sehr gefroren."

„Überhaupt nicht", antwortete einer der sieben Zwerge schniefend. „Rumpelstilzchen hatte ein riesiges Feuer entzündet, und wir tanzten die ganze Nacht um das Feuer. Er hat uns sogar gezeigt, wie man darüber springt, ohne sich zu verbrennen. Er hat uns eine Menge Tricks beigebracht, die uns in Zukunft sehr nützlich sein werden."

Der Wolf kratze sich nachdenklich am Kopf.

„Nützlich? Wie soll ich das verstehen?"

„Das kann ich dir erklären, Wolf", sagte Rumpelstilzchen. „Wir haben uns mit den Jungs geeinigt, ein Unternehmen zu gründen: Einen Zirkus! Ich werde mich um die Geldgeber kümmern und das Ganze organisieren. Ich habe sie sogar ein Papier unterschreiben lassen, dass sie einverstanden sind, unter meiner Leitung zu arbeiten. Wie du verstehen wirst, wer so schlechte Erfahrungen gemacht hat wie ich, der wird vorsichtig! Wir werden ein Ensemble gründen und durch die Welt reisen und spielen. Unser Erfolg ist sicher, wenn man bedenkt, dass die Kinder uns ja bereits aus den Märchen kennen. Warum sollen wir unsere Bekanntheit nicht ausnutzen. Überall auf der Welt werden Freizeitparks eröffnet, wie dieses geschmacklose Disneyland, und es bereichern sich andere auf unsere Kosten, ohne unsere Rechte dabei zu berücksichtigen."

Der Wolf nickte zustimmend mit dem Kopf.

„Phantastische Idee! Ich wünsche euch von ganzem Herzen viel Erfolg."

„Warum kommst du nicht auch mit uns?" meinte das kleinste der sieben Geißlein.

„Wir könnten die Nummer mit den bemehlten Pfoten spielen. Das wird bestimmt die Attraktion des Programms!"

Der Wolf betrachtete das Geißlein mit gemischten Gefühlen. Im Moment dachte er daran, es für den Seitenhieb, den es ihm verpasst hatte, zu beißen, entschied sich aber, darüber hinwegzusehen, da dieses Tier von Geburt an dämlich war.

„Ach nein, ich habe nicht vor, nochmal zu arbeiten. Ich habe vor, eine große Reise zu machen. Außerdem brauche ich das jetzt auch."

Er wünschte ihnen nochmals viel Glück und verabschiedete sie.

Die Stiefmütter, die Mütterchen wurden

Die Zimmermädchen waren seit dem Morgengrauen auf den Beinen, um die Kleider ihrer königlichen Hoheit, der bösen Königin, wieder aufzuräumen und sie in die Truhen zu verpacken. In ihren Gemächern herrschte das absolute Chaos. Schneewittchen hatte bereits am Vorabend gepackt, und so konnte sie ihrer Stiefmutter helfen, sich herzurichten. Sie hatte sie gekämmt, ihr die Nägel lackiert, und jetzt half sie ihr, ihr Korsett zu schnüren. Als sie fertig war, schaute sie ihr in die Augen.

„Also, Mutter, haben Sie über meinen Vorschlag nachgedacht?" fragte sie.

„Ja, mein Liebes, ich habe darüber nachgedacht, aber es geht nicht."

„Aber warum, Mutter? Warum wollen Sie nicht mit mir in meinen Palast kommen, damit wir endlich wie eine Familie zusammenleben können?"

Die Königin schüttelte etwas verstimmt den Kopf.

„Es geht nicht, sag ich dir. Es ist für mich unmöglich, mit der schönsten Frau der Welt unter einem Dach zu leben. Das halte ich nicht aus!"

Schneewittchen nahm sie in den Arm.

„Tun Sie es für meine Töchter, Mutter. Die armen Mädchen sind so unausstehlich und geschmacklos. Wenn Sie im Haus sind und sie beraten, werden sie vielleicht etwas Koketterie lernen."

„Natürlich könnte ich sie in die Geheimnisse der Schönheit einführen, wie ich dir aber schon gesagt habe, kann ich nicht bei euch wohnen, solange du diesen Schönheitstitel hast."

„Aber Mutter, bedenken Sie, dass auch Sie einen Schönheitstitel haben: Sie werden die schönste Großmutter der Welt sein!"

Als sie diese Worte hörte, erhellte sich das Gesicht der Königin. Die Hoffnung, wieder eine Schönheitskrone aufsetzen zu können, beflügelte ihre Gedanken. Was spielte es letztendlich für eine Rolle, um was für einen Titel es sich handelte, Hauptsache, es war ein Schönheitstitel. Sie öffnete

eilig die Truhe mit ihren Kosmetika und holte ihren magischen Spiegel heraus. Sie wollte sicher sein, bevor sie eine Entscheidung traf.

„Spieglein, Spieglein an der Wand, kennst du eine schönere Großmutter als mich?"

In den Sekunden, die der Spiegel brauchte, um zu antworten, drohte ihr Herz vor Angst zu zerspringen. Dann sagte er:

„Nein, ich kenne keine, du bist die Schönste!"

Die Königin fing an, vor Freude und Erleichterung zu weinen. Sie neigte sich zum Spiegel und küsste ihn mehrere Male, und dann nahm sie zärtlich Schneewittchen in die Arme.

„Ich bin bereit, mein Kind, wir können fahren. Ich will mich vorher noch beim Wolf verabschieden. Wir treffen uns dann an der Kutsche."

Als die Königin aus dem Zimmer war, sagte der Spiegel traurig: „Was habe ich nun davon, dass ich all die Jahre meine Arbeit richtig gemacht habe? Nur Beulen! Von nun an sage ich jeder Bekloppten, die mich fragt, dass sie eine Schönheit ist..."

Der Wolf näherte sich dem Tisch, an dem Aschenputtel mit der Stiefmutter und den hässlichen Schwestern saß. Die vier Frauen unterhielten sich freundschaftlich, während sie Brötchen mit Marmelade bestrichen.

„Guten Morgen, meine Damen. Sie genießen, wie ich sehe, Ihr Frühstück. Das freut mich ganz besonders."

„Guten Morgen, Wolf", erwiderten sie den Gruß. „Wir sind bereit zur Abfahrt. In zehn Minuten ist es soweit. Herzlichen Dank für die Gastfreundschaft, und Sie sollen wissen, dass auch Sie im Palast immer willkommen sind", sagte Aschenputtel.

„Ja, wir erwarten Sie unbedingt im Palast!", ergänzten die hässlichen Schwestern.
Der Wolf riss seine Augen vor Erstaunen ganz weit auf.
„Im Palast? Ich fürchte, ich habe nicht ganz verstanden..."
„Aber natürlich. Wir werden es Ihnen gleich erklären. Meine Stieftochter hat mich gebeten, die Aufgabe der Hauswirtschafterin in ihrem Palast zu übernehmen, und meine Töchter sollen ihre Anstandsdamen werden. Wie Sie verstehen werden, habe ich sofort angenommen, obwohl ich mehrere anderweitige interessante Angebote hatte. Ich hatte meinem verstorbenen Gatten auf dem Sterbebett versprochen, immer auf die Waise aufzupassen. Es ist also in erster Linie eine moralische Verpflichtung für mich."
Aschenputtel schaute die Frau liebevoll an. Dann drehte sie sich zu den Schwestern und zwinkerte ihnen zu.
„Ich habe zwei Bräutigame für euch, einfach himmlisch!"
„Wirklich? Wie sind sie denn?", fragten die beiden ungläubig.
„Es sind zwei Brüder, Prinzen natürlich, die bereits durch das Land gereist sind, um Bräute mit großen Füßen zu finden."
Die beiden schauten Aschenputtel ungläubig an.
„Mit großen Füßen? Willst du uns auf den Arm nehmen, Aschenputtel? Die wollen doch nur, dass wir Trauben treten."
Aschenputtel lächelte sie freundlich an.
„Nein, liebe Schwestern, wie kommt ihr auf diese verrückte Idee? Es ist ganz einfach. Zurzeit sind Schuhe modern, die groß wie Boote sind, und dementsprechend müssen auch die Füße groß sein!"

Zwei Schreiber auf den Weg in die Stadt

Der Wolf ging in den Hof, um dem Butler beim Aufladen der schweren Truhe des englischen Schriftstellers zu helfen. Es war das erste Mal seit seiner Ankunft im Haus des Wolfes, dass er erfreut aussah. Er pfiff lustig vor sich hin, während er mit seinem Taschentuch die silbernen Türgriffe polierte.
„Sie sind heute aber gut gelaunt. Darf ich fragen, warum?"
„Natürlich, lieber Wolf. Ich bin wirklich gut gelaunt, weil mein Herr sich großzügig mir gegenüber erwiesen hat. Er übergab mir sein Testament, in dem er mir nach seinem Ableben die Rechte an seinen Schriften vermacht. So kann ich dann endlich in mein Dorf zurückkehren und meine Verlobte heiraten."
„Tatsächlich, Ihr Herr ist sehr großzügig! Ich freue mich für Sie, James. Ah, da! Herr Wilde ist da. Ich begrüße Ihre Hoheit, Sir", verbeugte sich der Wolf.
„Guten Morgen, mein Lieber, falls man diesen Morgen gut nennen kann, bei soviel Sonne. Er hat etwas von der Wildheit des Mittelmeeres, dieser Morgen."
„Natürlich, Sie wissen es besser..." meinte der Wolf kleinlaut.
In dem Moment nähert sich Trivizas, den Käfig mit Cynthia in der Hand.
„Entschuldigen Sie, Herr Wilde, aber könnten Sie mich mitnehmen?"

„Vielleicht! Wo müssen Sie denn hin?"
„In die Stadt. Ich gehe dahin, um zu arbeiten."
„Was für ein Zufall! Ich muss auch in die Stadt, aus einem ähnlich unerfreulichen Grund. Dann lassen Sie uns gemeinsam fahren."
Der Papagei konnte mal wieder sein Maul nicht halten und plapperte ununterbrochen. Eine Sache, die Wilde auf die Nerven ging.
„Mein Lieber, als ich mich einverstanden erklärte, Sie mitzunehmen, hatte ich nicht damit gerechnet mich dem Geplapper Ihres Vogels aussetzen zu müssen. Entweder Sie binden ihm den Schnabel zu oder wir setzen ihn neben James."
Trivizas entschied, dass es für Cynthia besser wäre, neben dem Butler zu reisen, weil sie auch allergisch gegen Zigarrenrauch war. Er verabschiedete sich vom Wolf, und sie machten sich auf den Weg.
Die beiden Schriftsteller lehnten sich in die eleganten Polster der Kutsche zurück und unterhielten sich über verschiedene Themen, von den Märchen bis zur konservativen englischen Aristokratie. Die Atmosphäre zwischen ihnen war äußerst freundlich und Herr Wilde redselig.
„Mein Lieber, ich überlege, ob es nicht eine gute Idee wäre, wenn wir zwei zusammen wohnen würden. Ich könnte Ihnen für einen kleinen Betrag meine Ideen für Kinderbücher zur Verfügung stellen, nachdem ich weder Zeit noch Lust habe, sie zu schreiben. Ich beschäftige mich in erster Linie, wie Sie ja wissen, mit Erwachsenenliteratur."
Trivizas lehnte freundlich ab.
„Ihr Vorschlag ehrt mich sehr, mein Herr, aber um ehrlich zu sein, Ideen habe ich massenweise. Ich habe so viele Ideen, dass ich sie oft selbst

vergesse. Mein Gehirn produziert mit einer solchen Geschwindigkeit, dass in dem Moment, in dem ich ein Buch herausbringe, ich das nächste bereits in der Schublade habe, zusammen mit zehn anderen Handschriften."

Wilde nahm eine Zigarre aus seinem Lederetui und biss sie laut ab, um das ironische Lächeln, das ihm ins Gesicht gestiegen war, zu verstecken.

Aber auch der Butler und Cynthia amüsierten sich prächtig. James steuerte die Kutsche und sang voller Leidenschaft eine wunderschöne Ballade aus seiner Heimat: „Oh, meine süße Klara-Bell, wie sehr vermisse ich es, deine blonden Zöpfe zu streicheln..."

Cynthia neben ihm, offensichtlich ungehalten, wiederholte die Worte ihres Herrn:

„Der Kongress war Blödsinn..."

„Der Wolf sah lächerlich in seinem schwarzen Frack aus..."

„Wilde ist ein Idiot, dass er keinen Vertrag für seine geistigen Rechte unterschrieben hat..."

Blut ist dicker als Wasser

Die beiden Schwestern der Schönen umarmten ihre Schwester und küssten sie auf beide Wangen. Die Schöne wischte sich mit ihrem Taschentuch die Tränen aus den Augen.

„Ich will euch nicht wieder verlieren, jetzt wo ich euch wieder gefunden habe, meine Schwestern."

„Natürlich werden wir uns nicht wieder verlieren", meinte die ältere Schwester. „Wir werden es einrichten, dass wir Weihnachten immer zusammen verbringen, und auch ein paar Tage im Sommer."

„Wir werden auch zum Geburtstag unseres Neffen kommen", ergänzte die andere Schwester. „Wie alt ist denn dein Junge jetzt, Schönheit?"

„Er ist gerade fünf und sehr lebhaft, das kleine Biest! Mein kleiner Liebling ist wie sein Vater. Er wird sich sehr freuen, seine lieben Tanten kennen zu lernen."

Die beiden Frauen küssten ihre Schwester nochmals liebevoll und stiegen in den Krankenwagen, der bereits auf sie wartete. Blut ist dicker als Wasser, dachten sie sich, egal, was in der Vergangenheit alles passiert war.

Die Krankenschwester saß bereits im Wagen und wartete auf sie. Sie sah die beiden Schwestern und wollte ihren Augen nicht trauen. Zwei

Depressive lachten wie ausgelassene Teenager! Ein Riesenerfolg, es mit der Homöopathie zu versuchen, dachte sie. Mrs. Cicerhood würde sich die Augen reiben, wenn sie die Veränderung sehen würde.
„Gertrude?" riss die Stimme der einen Schwester sie aus ihren Gedanken.
„Ja, da bin ich."
„Hör mal, Gertrude. Wir haben ein paar Entscheidungen getroffen, meine Schwester und ich. Es gibt für uns keinen Grund, in diese schreckliche Klinik zurückzukehren. Wir haben uns überlegt, wir eröffnen ein Psychotherapeutisches Zentrum, in dem wir denen unsere Dienste anbieten, die sie nötig haben. Wir werden aber eine Krankenschwester brauchen, willst du mitkommen und für uns arbeiten?"
Die arme Frau beeilte sich voller Freude zu antworten, dass sie liebend gern die strenge Mrs. Cicerhood verlassen würde, um diesen freundlichen Wesen zu folgen, die ihr Arbeit anboten.
„Und was genau werden Sie machen, Frau...?"
„Psychoanalyse, ein Beruf der derzeit sehr in Mode ist. Unsere Kunden werden uns ihre Vorstellungen, ihre Manien, ihre Ängste erzählen, und wir werden eine Diagnose im Hinblick auf ihre Persönlichkeit stellen und ihnen Ratschläge geben."
Die Krankenschwester dachte an ihre Manie für Thriller und dass dies eine prima Gelegenheit wäre zu fragen.
„Frau..., ich mag es im Fernsehen Thriller anzuschauen und ich versuche immer den Mörder zu finden. Was bedeutet das?"
„Ganz einfach, Gertrude. Während du versuchst, den Mörder zu finden, willst du eigentlich alle Männer bestrafen. Ein klarer Fall!"

Schöner Wolf und Hirtenhund

Die Tür des Hauses öffnete sich und ein Rudel Frauen, ähnlich einem Bienenschwarm, lief in den Hof hinaus. Es waren die Hexen und die Feen! Mit ihren frisch polierten Besenstielen, ihren magischen Stäben, ihren Umhängen und hohen Hüten erinnerten sie an amerikanische Touristen, die zu einem Picknick aufbrachen. Der Wolf näherte sich ihnen vorsichtig, und sie empfingen ihn mit Neckereien.
„Da ist ja unser schöner Wolf!"
„Hallo, du Schwarzenegger der Tierwelt!"
Der Wolf lächelte zurückhaltend.
„Jetzt kommt schon, meine Damen..."

Die Feen begannen sich einzeln bei ihm zu verabschieden und gaben ihm Küsschen links und rechts. Der Wolf war ehrlich gerührt.
„Meine Damen, wo geht ihr denn alle zusammen hin? In Urlaub?"
„Urlaub? Wo gibt es so ein Glück! Unser Beruf kennt keine Ferien", meinte Aschenputtels Patin.
„Ganz im Gegenteil mein Lieber, wir ziehen los, um Millionärinnen zu werden. Das ist möglich, nachdem wir unsere Arbeit jetzt auf einer streng

professionellen Basis betreiben wollen", ergänzte die böse Zauberin vom Märchen der schlafenden Prinzessin.

„Was meint ihr damit?"

„Wir werden ein Unternehmen gründen, Wolf! Vereinigte Medien wird die Firma heißen. Wahrsagungen jeder Art! Kaffeesatzlesen, Kartenlegen, Handlesen, Hypnose, Glücksbringer, Talismane, Tarot, Voodoo, Zaubereien, einfach alles! Es gibt derzeit kein lukrativeres Geschäft. Hier unsere Visitenkarte. Solltest du uns brauchen, scheue dich nicht. Die ersten Zaubereien sind kostenlos!"

Die Gebrüder Grimm warteten schon seit geraumer Zeit in den Sesseln des Salons. Perrault und Andersen wollten noch einen kurzen Spaziergang in das nahe Wäldchen machen, bevor sie sich auf den Rückweg begaben. Nun war einige Zeit vergangen und sie waren immer noch nicht zurück. Sie wollten gerade aufstehen und sie suchen gehen. Es waren schließlich alte Herrschaften. Es könnte ihnen etwas passiert sein, ein Herzinfarkt oder ähnliches, bei den ganzen Aufregungen der letzten Tage. An der Tür fing sie der Wolf ab.

„Bereiten Sie sich zur Abreise vor?"

„Wir wollten längst weg sein, Herr Wolf", meinte der junge Grimm, „aber die alten Herren sind noch nicht von ihrem Spaziergang zurück."

„Soll ich in den Wald gehen und sie suchen?", schlug der Wolf bereitwillig vor.

„In den Wald? Wenn sie Sie sehen, einen Wolf, und das mitten im Wald, dann bekommen sie mit Sicherheit aus Angst einen Herzinfarkt", meinte

der ältere Grimm. „Bleiben Sie lieber hier, außerdem wollten wir Sie noch um einen Gefallen bitten."
Einen Gefallen? Was für einen Gefallen? Hoffentlich wollten sie ihm die Alten nicht hier lassen? Er würde sich aufhängen, dachte sich der Wolf voller Entsetzen.
„Also, wir wollten um die Rechte für die Veröffentlichung des Berichts zu Ihrem Kongress bitten. Wir werden demnächst für eine Beförderung vorgeschlagen, und wir haben noch nichts vorbereitet. Wenn wir aber über die Problematik und die Ergebnisse des Kongresses schreiben, ist unser Lehrstuhl gesichert."
Der Wolf kratzte sich skeptisch an seinem riesigen Kinn. Bericht? War irgendetwas Verdächtiges an dem Vorschlag?
„Grundsätzlich habe ich nichts dagegen, aber ich will, dass Sie mir zwei Dinge versprechen. Erstens, Sie werden die Vorträge nicht als Ihre eigenen präsentieren und zweitens, Sie werden nichts daran ändern. Ich sage das, weil mir irgendwo zu Ohren gekommen ist, dass Sie Ihre eigene Suppe kochen, bei dem was Sie lesen und hören, und es so verdrehen, dass es am Ende nicht einmal die Erzähler erkennen können. Also verändern Sie es nicht so, als hätte es Ihre Großmutter erzählt, okay?"

Die Gebrüder Grimm, rot bis zu den Ohren, wollten schon wegen der böswilligen Anspielung des Wolfs protestieren. Dann aber beeilten sie sich, dem Wolf das Versprechen zu geben, weil in dem Moment die Greise in den Salon kamen.
„Guten Morgen, verehrter Gastgeber", sagte Perrault.

„Einen wunderschönen guten Morgen, ausgezeichneter Gastgeber", meinte auch Andersen.

„Guten Morgen, meine lieben Herren", begrüßte sie der Wolf. „Brauchen Sie vielleicht noch irgendetwas, einen Tee, ein paar Minzplätzchen, bevor Sie abfahren?"

„Nein, wir haben Sie genug beansprucht" sagten die beiden freundlich. „Wir fahren sofort ab, wir können es kaum erwarten, nach Hause zu kommen und mit der Arbeit zu beginnen."

„Arbeit? Sie arbeiten noch in Ihrem hohen Alter?" fragte der Wolf ironisch.

„Natürlich" meinte Andersen, und betrachtete den Wolf mit einem freundlichen Lächeln. „Wir schreiben ständig Märchen."

„Ab jetzt werden wir die besten schreiben", meinte Perrault, „wir konnten durch Ihren Kongress einige Dinge, die zwischen uns standen, bereinigen. Vor allem Ihnen werde ich ab sofort eine neue Rolle in meinen Geschichten geben. Ich werde Sie als gezähmtes Haustier vorstellen, etwas zwischen einem Wolf und einem Hund. Wolfshund, das ist es! So werden die Kinder ohne Angst mit ihnen spielen. Was die Geißlein angeht und die Schweinchen, Sie werden sie nicht nur nicht fressen, sie werden Sie sogar beschützen. Ich werde einen Hirtenhund aus Ihnen machen!"

An dieser Stelle fühlte der Wolf, wie sich sein Magen umdrehte. Er konnte sich gerade noch von den vier Männern verabschieden, und dann fiel er halb ohnmächtig um.

Wolf, Wolf, hörst du mich?

Der Wolf fühlte, wie ihn jemand zärtlich streichelte, und es ging ihm sofort wieder besser. Er öffnete die Augen, und was er sah, ließ ihn glauben, dass er noch schlief und einen wunderschönen Traum hatte. Rotkäppchen stand vor ihm und streichelte zärtlich seine Stirn!
„Was hast du denn, lieber Wolf?"
Der Wolf stand sofort auf und lächelte das Mädchen an.
„Nichts, nichts, mir war nur ein bisschen schwindelig. Wahrscheinlich von der vielen Arbeit. Aber jetzt, wo ich dich sehe, geht es mir gleich viel besser."
Rotkäppchen streichelte ihn liebevoll weiter.
„Mein lieber Wolf, du hast soviel gearbeitet, um das alles hier zu organisieren! Wirklich, du brauchst Urlaub, hörst du? Tust du mir diesen Gefallen, mein süßer Wolf, ja?"
Der Wolf schloss und öffnete seine Augen wieder, um sicher zu gehen, dass er nicht träumte. „Ist es denn die Möglichkeit..." dachte er sich.
„Ich habe tatsächlich Urlaub bitter nötig, Rotkäppchen. Ich werde gleich abreisen, und zwar auf die Galapagos Inseln, von denen ich gehört habe, dass sie ein Paradies auf Erden sind."

„Oh, wie schön. Ich beneide dich sehr!", sagte das Mädchen und riss die Augen ganz weit auf.
Der Wolf machte ihr einen Vorschlag, ohne richtig darüber nachgedacht zu haben.
„Willst du mit mir kommen, Rotkäppchen? Wir werden eine wunderschöne Zeit haben! Ich werde für dich Blumen im Wald pflücken, wir werden „Wo ist der Wolf" spielen, wir werden ein Leben wie im Paradies führen, nur wir zwei!"
Rotkäppchen schaute ihn mit ihren roten Bäckchen groß an.
„Ja, oh ja, ich will! Ich hole schnell meinen Umhang. Dann können wir gleich los!"

Der Wolf blieb stehen und starrte verzückt ins Leere. Das Leben ist schöner als im Märchen. Dann machte er sich auf den Weg, seine Sachen zu holen und die Kutsche herzurichten. Er stand aufrecht davor und wartete auf seine Prinzessin.
Rotkäppchen kam mit einem langen Gesicht zurück. Hinter ihr die Großmutter mit einem Koffer in der einen Hand und einen Schirm in der anderen.
„Ich komme auch mit euch, um auf meine Enkelin aufzupassen", stellte sie fest. „Rotkäppchen ist noch zu jung und unerfahren für deine Zähne, Wolf. Denkst du, ich würde sie dir überlassen, damit du eine leichte Mahlzeit hast?"
Der Wolf öffnete die Tür der Kutsche, damit Rotkäppchen einsteigen konnte. Dann stieg auch die Großmutter ein und setzte sich neben sie.

Der Arme setzte sich auf den Platz des Kutschers und nahm die Zügel des Pferdes in die Hand, nachdem er sich vorher an die Stirn geklopft hat.

Und plötzliche fiel es ihm wie Schuppen von den Augen: Der Kongress war ein Riesenfehler gewesen! Er wollte der Böse Wolf sein! Er wollte den ganzen Tag Rotkäppchen jagen, dass jeder Angst vor ihm hatte, aber nicht, dass sie über ihn schmunzelten.
Als die Kutsche sich in Bewegung setzte, ließ er ein markerschütterndes Gebrüll hören.
„Es lebe der Schriftsteller, der mich die Großmutter fressen ließ!!!"